离太阳最近的树

CNS PUBLISHING & MEDIA
湖南文艺出版社
HUNAN LITERATURE AND ART PUBLISHING HOUSE
博集天卷
CS-BOOKY

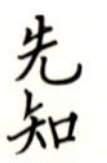

CLASSICS

体味经典的重量

散文卷再版序

我是从当医生开始频繁地使用文字，那时每日要写病历和死亡报告等医疗文书。那种文字必定是客观、安静、恭谨与精确的描述。文字的应用，说简单，真是再家常不过了。你可以没有一寸土地，没有一颗粮食，但你依然可以拥有语言和文字。书写这件事的最低要求，是要让别人明白你的意思。高一些的要求，是要把你的意思说得尽可能引人共鸣。这是尚未过时的需要苦修的教养，是一个人思维本质的外化。如同习武之人对剑技和刀法的淬炼，你得日日潜心钻研。

多年前，我在北京郊区的农村买了几间小房，院子空荡荡，有野鼠出没（常常希望有狐，可惜没见过）。到了初春，植树节后，我从苗圃买回两棵梧桐树。它们，光秃秃的，又细又轻，不见一丝绿意，活像搭蚊帐的旧竹竿。我挖了宽敞的坑将它们的根须埋下，底部还施了从集市买来的麻酱渣。我先生说，这地方咱也没有产权，人家说不定哪天就收回去了，似不必如此上心。我说，就算人家把房子收了，这树也依然会生长。我们还是善待它们吧。

我以前知道法国梧桐叫悬铃木，觉得起这名字的人富有想象力和诗意。待自己植了这树，才发现它们的果实真是太像悬挂的小铃了。再呆笨的人，也会让它们拥有这个名字。不知道是不是我那两桶麻酱渣滓的效力，梧桐树发愤图强努力长大，几年的工夫，已经有四层楼高了，皮青如翠，叶缺如花。阔大的叶子像相思的巨手，每晚都在风中傻呵呵地为自己鼓掌。秋天的时候，它们会结出圣诞铃铛般的果实，自得其乐地晃荡着，发出我们听不见的叮当之响。阳光透过叶子抛洒在地面上，红砖墁砌的地就被染上点点湿绿，重叠成深沉的暗咖色。我懊恼地想，早知道梧桐绿得这样狠，不如当初垫了灰蓝的砖，索性让它们碧成一坨，比如今这般缠丝玛瑙似的绞着好。

突然，我看到头顶的斑驳中有一只清爽的鸟，在绿叶中跳跃，好像在和另外一只鸟捉迷藏。细细看去，其实并没有另外一只鸟，它是单身。但如果没有另外一只鸟，它如此执着地在我家悬铃木上钻来掠去，是何用意呢？想起“却是梧桐且栽取，丹山相次凤凰来”，莫非凤或凰的雏鸟被我家的梧桐引了来？成年的它们是绚彩的，不知幼小时也曾披过素衣？

人无法猜透一只鸟的心思，就像我们无法洞彻人生。不像梧桐是先知先觉的，它和秋天有秘密的联络孔道。要不，怎么会“梧桐一叶落，天下皆知秋”呢。

好几天，那鸟不辞劳苦地穿行于我家的悬铃木间，看得出它更属意东面的那一棵。我现在已经辨认出它是一只喜鹊，不是那种灰头土脸、吃松毛虫的小个子灰喜鹊，而是眉清目秀、黑白相间的长尾巴花喜鹊。

它来我家的时候，像一架民航货机，滞重迟缓载着货物；飞离的时候就一身轻松，活泼轻快，赶路匆匆。它确实是有伴的——另一只花喜鹊，黑和白的部分似乎均比早先这一只更大更鲜明，许是一只雄鸟吧。当我确认它们是一家之后，也就知道了它们的用意。两只喜鹊每天辛辛苦苦地衔来各色树枝，是要在悬铃木上搭一巢穴，迎接新生命的降生。

一只喜鹊窝，要搭建多少枝条？要衔来多少草梗？要倾注多少气力？要呕沥多少心血？要耗费多少光阴……

听到我自言自语，路过的原住民老婆婆说，喜鹊选搭窝的地方时可心细呢。天上头要没有北风，地下面要没有凶兆，远处要没有打扰，近处要没有响动……最用心的窝，喜鹊要啄下身上的羽毛，铺垫得暖暖和和，小喜鹊孵出来后才活蹦乱跳。

我没见过自拔胸羽的喜鹊，这两只鸟好像也没有这般忘我。但我不得不信老婆婆的话。她说这些话的时候，摇晃着满头坚硬的白发，配着漆黑的旧衫，目若朗星。我疑心她在以往的哪一辈子曾做过鹊妖。

等着听小喜鹊叫吧。早报喜，晚报财，不早不晚报客来。她胸有成竹地说，好像未来的小喜鹊是她派往我家的儿童团。

为了节省喜鹊夫妇的时间，我约莫了一下它们搭巢所需建材的长短，捡了一堆草梗和树枝放在院子里，期望它们就地取材。但喜鹊夫妇胸中自有拟好了的蓝图，有我们不知的选材标准，对此视而不见，依然辛辛苦苦地到远处去衔枝。它们不屑。

鹊巢终于搭好了，小喜鹊在这里降生，一窝又一窝。

在两棵梧桐树和喜鹊家族的陪伴下，我写下了收入这套文集散文卷中的很多作品。我用时间的树枝搭起了这个文字的喜鹊窝。喜鹊本是单调的凡鸟，只有黑白两色，全无时尚的外观。它的窝也是粗糙和朴素的，甚至有一点边设计边施工的乱七八糟。不过，我在这个窝中垫入了一缕缕羽毛，它们来自我沧桑的岁月和我温热的心房。

毕淑敏

2012年7月27日

目录

离太阳最近的树

30年前，我在西藏阿里当兵。

这是世界的第三级，平均海拔5000米，冰峰林立，雪原寥寂。不知是神灵的佑护还是大自然的疏忽，在荒漠的褶皱里，有时会不可思议地生存着一片红柳丛。它们有着铁一样锈红的枝干，风羽般纷披的碎叶，偶尔会开出穗样细密的花，对着高原的酷热和缺氧微笑。这高原的精灵，是离太阳最近的绿树，百年才能长成小小的一蓬。在藏区巡回医疗，我骑马穿行于略带苍蓝色调的红柳丛中，竟以为它必与雪域永在。

一天，司务长布置任务——全体打柴去！

我以为自己听错了，高原之上，哪里有柴？

原来是驱车上百公里，把红柳挖出来，当柴火烧。

我大惊，说：“红柳挖了，高原上仅有的树不就绝了吗？”

司务长回答：“你要吃饭，对不对？饭要烧熟，对不对？烧熟要用柴火，对不对？柴火就是红柳，对不对？”

我说：“红柳不是柴火，它是活的，它有生命。做饭可以用汽油，可以用焦炭，为什么要用高原上唯一的绿色！”

司务长说：“拉一车汽油上山，路上就要耗掉两车汽油。焦灰炭运上来，一斤的价钱等于六斤白面。红柳是不要钱的，你算算这个账吧！”

挖红柳的队伍，带着铁锨、镐头和斧，浩浩荡荡地出发了。

红柳通常都是长在沙丘上的。一座结实的沙丘顶上，昂然立着一株红柳。它的根像巨大的章鱼的无数脚爪，缠附到沙丘逶迤的边缘。

我很奇怪，红柳为什么不找个背风的地方猫着呢？生存中也好少些艰辛。老兵说：“你本末倒置了，不是红柳在沙丘上，是因为有了这红柳，才固住了流沙。随着红柳渐渐长大，流沙被固住的越来越多，最后便聚成了一座沙山。红柳的根有多广，那沙山就有多大。”

啊，红柳如同冰山。露在沙上的部分只有十分之一，伟大的力量埋在地下。

红柳的枝叶算不得好柴薪，真正顽强的是红柳强大的根系，它们与沙子黏结得如同钢筋混凝土。一旦燃烧起来，持续而稳定地吐出熊熊的热量，好像把千万年来从太阳那里索得的光芒，压缩后爆裂开来。金红的火焰中，每一块红柳根都弥久地维持着盘根错节的形状，好像傲然不屈的英魂。

把红柳根从沙丘中掘出，蓄含着很可怕的工作量。红柳与土地生死相依，人们要先费几天的时间，将大半个沙山掏净。这样，红柳就枝丫遒劲地腾越在旷野之上，好似一副镂空的恐龙骨架。这里须请来最有气力的男子汉，用利斧，将这活着的巨型根雕与大地最后的联系一一斩断。整个红柳丛就訇然倒下了。

一年年过去，易挖的红柳绝迹了，只剩那些最古老的树灵了。

掏挖沙山的工期越来越长，最健硕有力的小伙子也折不断红柳苍老的手臂了。于是，人们想出了高技术的法子——用炸药！

只需在红柳根部，挖一条深深的巷子，用架子把火药放进去，人伏得远远的，将长长的药捻点燃。深远的寂静之后，只听轰的一声，再幽深的树怪也尸骸散地了。

我们风餐露宿。今年可以看到去年被掘走红柳的沙丘，好像眼球摘除术的伤员，依然大睁着空洞的眼睑，怒向苍穹。但这触目惊心的景象不会持续太久，待到第三年，那沙丘已烟消云散，好像此地从来不曾生存过什么千年古木、不曾堆聚过亿万颗沙砾。

听最近到过阿里的人讲，红柳林早已掘净烧光，连根须都烟消灰灭了。

有时深夜，我会突然想起那些高原上的原住民，它们的魂魄，如今栖息在何处云端？会想到那些曾经被固住的黄沙，是否已飘洒在世界各处？从屋子顶上扬起的尘沙，常常会飞得十分遥远。

艾滋之椅

旧金山佩奇街273号。禅宗临终关怀中心。一座宁静的建筑物，在居民区内。门口没有任何标志，只有高高的台阶，甚至连普通公共场合均有的残疾人坡道和盲道，这里也没有。我和安妮迟疑了半天。我们不能确定要拜访的专门和死亡打交道的这个中心是不是这里。想象中，该是一座独立的白色建筑，有葱茏的绿树和不败的鲜花。这里，没有。起码在外面看不到任何迹象，一如平凡的民宅。

进了门，在没有见到任何人之前，就认定是这里了。是空气告诉我们的。空气中弥漫着奇异的香气，让人有微微的麻醉和眩晕之感，但心的悸动就在这种奇特的香氛当中，平缓到迟慢。

禅宗临终关怀中心的布莱德先生慢慢地走过来，接待我们。他说话的语调也是慢慢的，举手投足也是慢慢的。慢，是这里不变的节奏。单是这一点，就已让人足够惊奇。在现今的社会里，你还能找到一间不是因为拖沓而是有意识地缓慢办公的公司吗？在商业的交往中，你还听得到一个如冷泉般天然的女孩声音吗？越是发达的社会，那频率就越是不可思议的快，直到我们目不暇接得整体昏眩了。

相反，在这个一切都缓慢的房间内，我的精神异乎寻常地警醒了。

布莱德先生告诉我们，这家机构完全是慈善性质的，建立于1987年。这里有10位工作人员，还有150名义工。这个中心没有医生，也不用任何药物，它的主要工作，就是帮助人们安详地死去。

布莱德先生慢慢地说："死亡是需要学习的。临死的时候，很多人不知所措。没有人教授这种知识。当死亡到来的时候，人们一无所知。我们就是要帮助大家，当然，也是在帮助自己。只有懂得生命意义的人，才有勇气探讨死亡。只有对死亡有了更深入的了解，人才能更深刻地把握生命。死亡，其实就是一切事物的本质。"

这些话，有些玄了，倒是和这弥漫着奇异香氛的雅室相配。

房间高大，布置得很有宗教气息，有一种空旷感。我说："这是什么香？"

布莱德先生说："这是从印度带来的藏香，能够安抚人的神经。"

我问："什么人才能住进这间中心来？"

布莱德先生说："谁都可以住进来，只要你提出申请。我们的工作人员会到申请者的家中去看望他们，和他的家人谈话，以最后确定他是否可以来，什么时候来。因为这里是不做任何治疗的，只是接受如何面对死亡的训练。如果病人还有救治的希望，就不会接受他们到这里。"

我听得从内心向外沁冷，说："死亡的训练是怎样的呢？我很想知道。"

布莱德先生说："当给予适当的条件的时候，人们是很愿意讨论死亡的，特别是当死亡迫在眉睫的时候。刚来的人，大都比较紧张，对死亡不了解，不知道自己将怎样迈向死亡。我们让他接受冥想训练。其核心就是当生命的最后瞬间，只有你一个人，你将如何走向死亡。这真是一个很有效的训练。当反复训练终于完成之后，病人就不再害怕死亡了。我们把最后的时刻简称为'在床边'。因为死神是在床边领走我们。那种时候，往往是你一个人。当然，我们这里是24小时都有人值班，但我们不能保证你'在床边'的时候，旁边一定会有人。所以，每个人都要练习独自一个人‘在床边’，在那种时刻，保持最后的平静。

我说：“经过训练，病人‘在床边’的时候，都能保持平静吗？”

布莱德先生说：“大部分病人都能做到平静。特别是入院时间较长的病人，基本上都是平静的。如果入院的时间太短，病人可能还未能完全训练好，有的人依然在惧怕中逝去。这和每个人的情况不同有关，有的病人有太多未了的心事，还未学会放下。死亡是一个过程，我们对它要有准备。其实，就是突如其来的死亡，比如飞机失事或是外伤等，如果不可避免，平静是最好的应对……”

正说到这里，一名女士悄悄地走进来，在布莱德先生耳边说了一句话，布莱德先生于是站起身来，说：“不好意思，有一件急务，需要我出去一下，很对不起。请稍等。”

我们等了一会儿，又等了一会儿，布莱德先生还是没有回来。一位长得很秀丽的女士走进来说，布莱德先生还要等一会儿才能回来，你们不妨先到各处参观一下。

我和安妮蹑手蹑脚地在中心内部缓慢走动着。悄悄地推开一扇门，雪白的床单下有一个黑人男子，瘦到骇人的程度，用“骨瘦如柴”这样的形容词对他都是夸奖，简直就是几根紫铜丝拧成的轮廓，无声无息。如果不是他那大如鸭蛋的眼睛上的睫毛有微微的颤动，简直看不出有一点儿生命的迹象。

我们逃也似的离开了这间屋子。

“这是一个艾滋病人。这两天，他就要‘在床边’了。”秀丽的女士说。

楼边有一座小小的花园，有一些绿色的植物，因为已是秋天，没有了想象中的葱绿，几片黄叶悄然落下，也是缓缓的，仿佛电影中的慢镜头。一把椅子，角度放得很巧妙，正好对着花园里最美丽的一角。我说：“我可以坐在上面吗？”

秀丽的女士说：“当然可以。我们这里经常住进艾滋病人，当他们还没有丧失最后的活动能力的时候，他们很愿意坐在这张椅子上看看风景。”

哦，原来这是一把艾滋之椅。

我坐在上面，椅子很舒适，风景也很好。我看着面前的树叶，心想，这几片叶子，也许曾给若干位艾滋病人带来过安抚和宁静。如今，它们还在秋阳下焕发着最后的绿色，但那些触抚过它们的视线，已然被土壤掩埋。泥土中的视线，一定还残留着丝丝绿色吧。

我请安妮给我照了一张相，在这把椅子上。

照完之后，我对安妮说：“我也给你照一张吧。”

安妮说：“毕老师，我不照。我的手脚现在都是冰凉的。一会儿从这家中心走出去，我要立即进一家咖啡店，用滚烫的水暖暖我的胸膛和大脑。”

我问秀丽的女士："这个中心自建立以来，一共有多少人从这里走向终极？"

秀丽的女士说，她来这里工作的时间并不很长，关于具体的数目，不是很清楚。但她可以告诉我们一个数字，自建立中心以来，截止到今天，这里一共在1267天中有人去世。有时是一人，有时是多人。

正说着，布莱德先生回来了。他说："很抱歉，但是，没有办法。南希去世了，就在刚才。我到了她的床边，她很平静。"

我说："南希是谁？"

布莱德先生说："南希是我们这里的一个病人。患乳腺癌，人很年轻，只有44岁。她在这里住了四周，刚住进来的时候，人非常紧张，非常恐惧。经过训练，她变得很平静了。刚才离世的时候，十分安详。"

我们静默，脖颈处像卡着一块冰。想到就在我们方才漫步的时候，一条生命正向空中遁去，心中充满茫然。仿佛看见南希的灵魂正在这屋顶上，宁静地看着我们。

布莱德先生说："每当有病人去世，我们都会在他的床边，举行一个小小的告别仪式。现在，我马上就要到南希的床边去，我们只能就此结束了。"

秀丽的女士说，她的亲人就是在这里去世的。她喜欢这里舒缓的气氛，亲人去世后，她就要求到这里来工作了。这里的特点就是宁静，在现代社会，找到这样一个宁静的地方是不容易的。“这里的宁静，是很多人用心血营造出来的。”她最后说。

一个人怎样独立地走向死亡？所有走过的人，都不会告知我们有关的经验教训。“在床边”，是一个新鲜的课题。我觉得，人在容光焕发、精力充沛的时候，不妨花点儿时间琢磨琢磨这件事，真到了垂垂老矣、气息奄奄之时，考虑起来就太艰苦了。平常日子，脑子转的速度不必那样快，步子的频率不必那样高，声音的分贝不必那样强，睡眠的时间不必那样晚……

我注视我自己的头颅

一次生病，医生让照一张头颅的CT片子。于是我得到了一张清晰准确的自己头骨的照片。

我注视着它，它也从幽深而细腻的灰黑色胶片颗粒中注视着我，很严峻的样子。

头颅有令我陌生的轮廓。卸去了头发，撕脱了肌肤，剔除了所有的柔软之物，颅骨干净得像刚从海中捞出来的贝壳。

突然感觉到很熟识，仿佛见过似的……不久以前……我记起了博物馆，那里有新出土的类人猿头骨化石。

夹进了几十万年进化的果子酱，颅骨还是像两块饼干似的相似。

造化可真是一位慢性子。

假如我的头骨片落到一位人类学家手里，便可以十分精确地分析出我的性别、年龄、体重、身高……它携带着我的密码信息，脱离我而孤零零地存在着。医生读着它，却作出我是否健康的结论，它似乎比我还重要。

我细细端详它，仿佛在鉴赏一件工艺品。实在说，这个物件是很精致的。斗拱飞檐，玲珑剔透，为人体骨骼中最精彩的片断。不知多少稻麦菽粟的精华，才将它一层层堆砌而起；不知多少飞禽走兽的真髓，才将它润泽得玉石般光滑。阳光中的紫色，馈赠它岩石般的坚硬；和煦的春风，打磨它流畅的曲线。我感叹大自然的精雕细作。用山川日月、金木水火、天上地下、风云雨雪的物质魂灵，挑选着，拼凑着，混合着，搅拌着，一轮又一轮地循环……终于在许多偶然与必然的齿轮磨合中，缝缀镶嵌起了无数颗头颅，其中一颗属于了我。

假如我最终不是化为一股热烟，这头颅该是最难融入泥土的部分。它会睁着空空洞洞的眼眶，凝视着一碧如洗的长天；它会耸动并不存在的鼻翼，吮吸依然存在的花香；它会让风从贯穿的耳道中，像特快列车那样呼啸而过；它会半张着惊愕的颌骨，依旧对这个星球上发生的许许多多事情表示讶异……

我不由得伸手弹弹自己乱发覆盖下的头骨，它发出粗陶罐的响声。这是一个半空的容器、盛着水、细胞和像流星一样游走的念头。念头带着阴电和阳电，焊接时就散发出五颜六色的蛛丝，缠绕在一起，像电线似的发布命令，驱使我具有各式各样的举动。正是这些蝌蚪一样活泼的念头，才使我写下了以上的文字。

罐子里的水会酸腐，那些细胞会萎缩，但文字是不会生锈不会腐烂的，它们比有生命的物体更有生命。它们把念头们凝固下来，像把混浊的豆浆压榨为平滑的固体。人人都公有的文字，经过特定的组合，就属于了我。组合的顺序就是一种思索。

我望着我的头颅，因为它是思索的宫殿，我不得不尊重它。它却不望着我，透过我，它凝望着遥远的人所不知的地方。它比我久远，它以它的久远傲视我今天的存在。但我比它活跃，活跃是生命存在最显著的标志之一。

但和文字比起来，无论现在的活跃或者将来的久远，都黯然失色。

骨骼算什么呢？甲骨文不正是因为有了文，才神圣起来，否则不过是一块烤焦的兽骨！

文字是先人们留给我们的符咒，使我们得以知道一只只水罐曾经储存过怎样的五彩念头。罐子碎了，水流空了，一代又一代最优秀的念头组合却像通电的钨丝一样，在智慧的夜空勾勒着永不熄灭的痕迹。

我注视着我的头颅，递给它一个轻轻的微笑：我们都有完全不复存在的那一天。那时候，证明你我曾经存在过的证据，到哪里去寻找?

制造念头吧！那些美丽的像鸟一样在空中飞翔的念头，假如它们真的充满睿智，假如它们真能穿越时代的雾海，它们的羽毛就会被喜爱它们的人保存。

那个发明CT的人真聪明，它使活着的人看到一个骷髅，想到许多以后的事情。

关于人生的沉思

世上有一种伪坦率，最需提防。

他把许多恶毒的计策，摊到桌面上来。他把你对他的疑点抢先说破，使你自觉心地龌龊，对他不起。他把事件的最坏可能一一预告，反倒让你觉得万无一失……

人们常常有一种善良的错觉，以为只有隐瞒才是欺骗。殊不知最高明的骗术，正是在光天化日之下进行。

伪坦率是一种更高水准的虚伪，它利用的是一种人们对坦率的信任。

坦率其实不说明更多的问题，它只是把双方的意见公开出来，本身并不等同真诚。

人生有无数的岔道，在分歧的路口，多半摆着诱惑。我们常常被物质的光怪陆离耀花了眼睛。

需要在漆黑的静夜想一想，想想我们与生俱来的理想，想想我们将要迈步的台阶，距我们最终的目标是近还是远？

眼睛当然是有用的。但有时闭上眼睛的时候，我们才能更好地倾听心灵的回答。

不负责任的表扬往往比批评还令人难堪。

因为他并没有注意到你的真正长处，仅仅是借此显示个人的风度。当他对你最有好感的时候，都这样疏忽大意，可见你在他心中的位置。

不实的批评，你还有权愤恨；对于不实的表扬，你只有悲哀。

我对赞同我的人，感悟的是他的善意。

我对反对我的人，考察的是他的智慧。

如果在赞同者那里看到的是逢迎，在反对者那里感觉的是愚昧，那么这两种人的意见我都不屑再听。任凭人们议论我的孤僻和不逊，自己并不在意。

懒散在通常的情形下，是不可取的。但懒散的状态有时会使我们浮想联翩，这时的懒散就不是无所用心的思想游缰，而是孕育新状态的热身运动。

有些人无时无刻不在显示他们的重要。高声说话，目光威严地扫射，很喧哗的笑声，不合时宜的服装和故意迟到，甚至不断地在报刊上制造耸人听闻的噱头……

我总在这些做作的举动之中，发现一种属于恫吓的虚弱和勉力为之的疲倦。

生命是为自己而存在。它是一种朴素而自然的事情，不是在众人之前的杂耍。

拒绝是没有错的，错误的是我们在拒绝前作出的判断。

我们不要害怕拒绝，我们只需更周密的决断。

比起赞同来，我更欣赏拒绝。

拒绝是一种删繁就简，拒绝是一种举重若轻。拒绝是一种大智若愚，拒绝是一种水落石出。

当利益像万花筒一般使你眼花缭乱之时，你会在混沌之中模糊了视线。尝试一下拒绝吧……

拒绝犹如断臂，带有旧情不再的痛楚。

拒绝犹如狂飚突进，孕育天马横空的独行。

拒绝有时是一首挽歌，回荡袅袅的哀伤。

拒绝更多是破釜沉舟的勇气，直面淋漓的鲜血惨淡的人生。

在北京的名人故居有鲁迅、郭沫若、老舍、宋庆龄……

一位经商的朋友愤愤地说，为什么没有大商人的故居呢?

我想，除了从商这一行的规则难以令所有的人心悦诚服以外，人们对在他们的故居可看到什么，大概表示乏味。也许可以看到文化，但何必看支流呢？既然源头存在。

所有的商品和文字相比，都是速朽的。

对于现世，人们注重物质。

对于久远，人们更注重精神。

一个人最少需要一种非功利的爱好。

比如爱钓鱼，并不是为了解馋。

爱书法，并不是为了卖钱。

爱跑步，并不是要创世界纪录。

爱跳舞，并不是为了上台表演……

它不仅仅是富裕的精力有所附丽，主要是精神有了种舒展自如的安置与发挥，感受到人生的美好真谛。

一个人的魅力，往往在他退休后看得更清楚。

属于职务的光环被岁月褪去，属于个人的精神光芒焕发出来。这个过程对有的人是苦闷，对有的人是新生。

我渴望衰老，因为生命的苦难。

我知道我生存一天，就要不懈地努力一天。取消所有责任的正当途径只有一条，这就是死亡。

衰老靠近死亡，所以我无所畏惧。

钻石是我们这个星球上最坚硬的物质。那么钻石是靠什么物质来切割打磨它的呢？

答案——靠另一颗钻石。

钻石自己敲打自己，是为了更完美。

人类也需要他人不断地敲打。

期望能给人勇气也易引起沮丧，关键在于期望的“值”。期望既不应太少也不能太多，但适中的量很难掌握。

两相比较，若是对自己，我以为还是期望得多一些为好，失败了虽易颓唐，但有时也会激起意料不到的勇气。若是对他人，期望值还是少一些为好，比较少失望和伤害。

“怕”好像历来是个贬义词。怕什么？别怕！天不要怕，地不要怕……好像不怕才是人生的大境界。

其实人的一生总要怕点什么，这就是中国古代说的“相克”。金木水火土，都有所怕的东西。要是不相克，也就没有了相生，宇宙不就乱了套？

惊奇是一种天然，而不是制造出来的。它是真情实感的火花。一块滚圆的鹅卵石，便不再会惊讶江河的波涛。惊奇蕴涵着奋进的活力。

世界上有些事情，记住，永不要说。

你不说，就没有任何人知道。

你不知道我不知道，我们永远都不需要知道。不要把错误想得那么分明。不要去讨论那个过程，把它像标本一样在记忆中固定。有些事情不值得总结，忘记它的最好方法就是绝不回头。也许那事情很严重，但最大的改正是永不重复。

对于别人的拒绝，我们有的时候过分看重“理由”这个东西。其实理由并不重要，重要的是它所传递的那个真实而不易表达的目的。

如果我们摔倒了，却不知道是哪一块石头绊倒了我们，这难道不是比摔倒更为懊丧的事情吗？

忠厚是无用的别名。无用却不是忠厚的别名，同它意思近似的有——懒惰、低能、弱智以及弄巧成拙等等。所以忠厚还可训练，无用却几乎是废物了。

人须怕法，那是众人行事的准则。人还须怕天，那是自然界运行的规律。怕是一个大的框架，在这个范畴里，我们可以自由活动。假如突破了它的边缘，就成了无法无天之徒，那是人类的废品。

了解一个人最大的缺点比了解一个人最大的优点更重要。因为忍耐比欣赏要艰难得多。

谣言也有一个大用处，当它飞扬的时候，警告某种灾难正在酝酿。

刚富的穷人和刚穷的富人，都比较触目惊心。前者是要做出富过一百年的样子，后者是要做出还将富一百年的样子。

人如果被人利用，一般认为是大不幸。但世上的物要是不能被人利用，这物就是废物，是要被抛弃的。人比物高等，更应该有利用的价值。

自己可以利用自己，别人就不能利用你，是否是一种自私？

不是能否被利用的问题，而是对方利用你的时候，你是否得到了应有的回报。这是不是带有浓烈的功利色彩？

所以被人利用还不是人生的大不幸。人要是完全无法被人利用，才是最悲哀的。

凡声称自己很少被欺骗的人，也很少相信别人。

信任有时简直就是被欺骗的别名。

有没有两全其美的办法呢？只有一条，那就是智慧加上训练有素的直觉。

寡闻不一定必是坏事。现代社会信息爆炸，许多时髦的东西还是充耳不闻的好。付出的代价是被人讥笑为落伍，收获的果实是心境的清明。

当那些最勇敢最智慧的人，攀到前所未有的高度时，迎接他们的是严寒与荒凉。

面对纷繁的星空和遥远的黑洞，你踏出高贵而孤独的脚步。

你极有可能走错，湮灭如灰尘。

传送带是不保留探索者的脚印的，它淡然地看着一位位先驱者扑倒，只为成功者留下位置。

宇宙用死亡限制人们的步伐。人类的每一个婴儿降生，都是历史的一次重新开始。智者离开时，卷走了他们没有诉诸文字的所有发现。

历史不记录回声。人的生命是长度固定的锁链，为了对抗死亡，为了在重复学习之余留出创造的空间，只有在每一个生命之环上负载更多的希冀与沉重，人类日益变得匆忙与紧张。

我知道了什么叫做崇高。它其实是一种发源于恐惧的感情，是一种战胜了恐惧之后的豪迈。

我会在没有人的暗夜，深深检讨自己的缺憾。但我不愿在众目睽睽之下，把自己像次品一般展览。

不要以为普通的小人物就没有尊严。不要以为女人的尊严感天生就薄弱于男人或人类的平均值。不要以为曾经失去过尊严的人就一定不再珍惜尊严。

崇高的侧面可以是平凡，但绝不是卑微。

智慧是划分区域的。从商的智慧是金色，从政的智慧是血色，爱情的智慧是无色，仇恨的智慧是黑色。没有谁的智慧是万能的，所以人们在一些领域绝顶聪明，在另一些领域混沌不堪。

关于生命与命运的遐想

甲为乙办事，乙就付给甲报酬，价钱彼此可以谈得很清楚。

甲为乙丙俩人办事，乙丙就付报酬给甲，也是很清楚的事。但每个人只需付二分之一，也很明白。

甲若是为百个人办事，无论每个人得的收益如何，大家只觉得付给甲百分之一是正当的，否则就是甲多吃多占了。

假如甲为一千个人、十万个人服务呢？假如他服务的人群数字再无限地增大下去呢？按照数学的规律，这个无穷大的分之一，结果就是零。

也就是说，受贿的人群可以心安理得地享受甲的劳动成果，却不必为此支付报酬，甚至连感谢都不必说一声。

这就是为什么传说中的英雄丹柯掏出自己的心，燃烧起来为众人引路。危险过去后，人们会把他跌落地上仍在发光的心踩灭。

这不是众人的无情，是铁的规律。

文学在某种意义上，就是这种为无穷大的民众服务的事业。

所以它的清贫与无功利性，几乎是命中注定的。

矢志于这一行的人，不必愤而不平，只问自己是否愿意承受。

人的生命是一根链条，永远有比你年轻的孩子和比你年迈的老人。我们每个人都有自己的位置，它是一宗谁也掠夺不去的财宝。不要计较何时年轻，何时年老。只要我们生存一天，青春的财富，就闪闪发光。能够遮蔽它的光芒的暗夜只有一种，那就是你自以为已经衰老。

人类的表情肌，除了表达笑容，还用以表达愤怒、悲哀、思索、惆怅以至绝望。它就像天空中的七色彩虹，相辅相成。所有的表情都是完整的人生所必需的，是生命的元素。

痛苦有两种存在形式——包裹着和开放着。

就我个人来讲，我比较喜欢开放的痛苦。它就像会退色的毛衣一样，在阳光下渐渐失去新鲜的色彩。

有些人不敢敞开自己的痛苦，是因为惧怕打开痛苦那一瞬刺入肺腑的疼痛。但包裹着的痛苦会像癌症一般生长，蔓延，吞噬我们的心灵。

我们只要把最猛烈的痛苦坚挺过去，就会发现可以比较从容地收拾痛苦的残骸了。

每个人的血液中都有与众不同的液体，可惜我们往往意识不到。如果有一种可以测量出我们特殊才能的仪器，我们就会发现有多少人荒废了他们的才能，终生在从事和他们天性相悖的职业。

每个人都在寻找，从幼年就开始找。找准了自己位置的人，是极少数的幸运者。

许多人在暗中摸索了一生，终究在迷茫中告别。如果我们找到了自己爱好的事业，万万不要放松。它会使我们不再计较得失，最大限度地感到自己存在的价值。

生理是心理的镜子。

每个人都是他自己的朋友和杀手。许多人的疾病其实是自身心理攻击生理造成的。一个人越是懦弱，他伤害自己的频率越高。

无论爱一个人还是恨一个人，有时都是很残忍的事情。

爱和恨，都有两个层面，一个是精神，一个是肉体。

你嘘寒问暖或是往对方脸上泼硫酸，都是首先作用于肉体，然后传递于心灵。你呵护或是残害他的灵魂，作用要更为深远得多。肉体和精神有时相连，有时隔膜。有的人肉体残缺后精神愈加完整，有的人躯体强健，精神却是破碎的。精神可以支配肉体，肉体却不可能控制精神。

小的危机就像感冒，不但是无法完全避免的，而且可以给人以刺激，调动防御能力，增加免疫功能。

但是注意不要转成肺炎。

每个人都会有伤口。有的人愈合得天衣无缝，有的人留下累累疤痕。

这当然和利物刺进的深浅有关了。但我们经常看到，有的人，在深刻的创伤之后，仍然完整光滑；有的人，在小小不言的刺激下，就面目全非了。

在医学上，后一种人有一个特殊的名称，叫作——疤痕体质。

愿我们每一个人都不是意志上的疤痕体质。

我们可以受伤，我们可以流血。但我们要在最短的时间里，医治好自己的伤口，尽可能整旧如新。

没有快乐，谁也别想留住健康。

眼睛对眼睛，是可以说话的。它们进行无声的交流，在这种通行的世界语里，容不得谎言，用不着翻译。它们比嘴巴更真实地反映着一个人隐秘的内心世界。

我们可以吓唬别人，但不可以吓唬病人。当我们患病的时候，精神是一片深秋的旷野。无论多么轻微的寒风，都会引起萧萧黄叶的凋零。

让我们像呵护水晶一样呵护病人的心灵。

生命的燧石在死亡之锤的击打下，易于迸溅灿烂的火花。死亡使一切结束，它不允许反悔。无论选择正确还是谬误，死亡都强化了它的力量。尤其是死亡的前夕，大奸大恶，大美大善，大彻大悟，大悲大喜，都有极淋漓的宣泄，成为人生最后的定格。

一个人有太多选择的时候，常常径直选了那最容易、最易在短时间内见成效的一条路。一个人只有一种选择的时候，实际上丧失了选择，只是接受命运。所以选择不宜太多也不宜太少，以能充分发挥意志、表达信念为最好。

惊奇，是天性的一种流露。

生命的第一瞬就是惊奇。我们周围的世界，为什么由黑暗变明朗？为什么由水变成了气？温度为什么由温暖变得清凉？外界的声音为何如此响亮？那个不断俯视我们亲吻我们的女人是谁？

……

从此我们在惊奇中成长。

这个世界上，有多少值得惊奇的事情啊。苹果为什么落地，流星为什么下雨，人为什么兵戎相见，史为什么世代更迭……

孩子大睁着纯洁的双眼，面对着未知的世界，不断地惊奇着，探索着，在惊奇中渐渐长大。

惊奇是幼稚的特权，惊奇是一张白纸。

当我沮丧的时候，当我彷徨的时候，当我孤独寂寞悲凉的时候，我曾格外相信命运，相信命运的不公平。

世上可真有命运这种东西？它是物质还是精神？难道我们的一生都早早地被一种符咒规定，谁都无力更改？我们的手难道真是激光唱盘，所有的祸福都像音符微缩其中？

不幸者常常愿意同幸运者相比，抱怨自己的运气。

幸运者常常不愿同不幸者相比，相信自己的努力。

命运中的不速之客永远比有速之客来得多。

所以应付前一种客人，是人生的必修。他既为客，就是你拒绝不了的。所以怨天尤人没有用，平安地尽快把客人送走，才是高明主人。

命运是我怯懦时的盾牌，当我叫嚷命运不公最响的时候，正是我预备逃遁的前奏。命运像一只筐，我把对自己的姑息、原谅以及所有的延宕都一股脑儿地塞进去，然后蒙一块宿命的轻纱。我背着它慢慢地向前走，心中有一份心安理得的坦然。

当我快乐当我幸福当我成功当我优越当我欣喜的时候，当一切美好辉煌的时刻，我要提醒我自己——这是命运的光环笼罩了我。在这个环里，居住着机遇，居住着偶然性，居住着所有帮助过我的人。

假如在这死亡将至的时候，依然刻骨铭心地惦记着一件事，依然期望等待，不依不饶，那这个心愿便集中反映了一个人的个性，甚至是他生命的支点。古人说的死不瞑目，指的就是这种情况。

死亡基本上可以分为两种——有准备的死和没有准备的死。猝死就是没有准备的死（当然在广义上除了极幼小的孩童，我们都或多或少考虑过死亡），有准备的死则是一个缓慢的过程。人们冷静地回忆自己的一生，犹如上溯一条绵长的河流。世俗的纠缠，在死亡的背景之上，它平素所具有的魔力异乎寻常地浅淡了，人便格外公允格外豁达，有置身物外的超然与智慧。

生命的借记卡

我有一个西式钱包，钱包里有很多小格子，这些格子的用途是装载各式各样的卡，我没让它们闲着，装得满满当当。我有附近多家超市的亲情卡，虽然我每次购物之后都毕恭毕敬地出示该店的卡，但一年下来累计的分数，总也到不了可以领取优惠券的地步（因为我购物不够专一，总是在各个不同的店家游荡），于是在某一个商家规定的日子里被残忍地“归零”，一切又要重新开始。

我还有电话卡，到外地出差的时候，虽然接待方会很热情地说，房间的长途已经开通，您只管用，我还是为饭店附加在电话上的费用斤斤计较，出于为邀请方省些银两的考虑，自己到酒店大堂去打公用电话。每打一次，都有一种小小的成就感。我还有几家馆子的优惠卡，有一次拿出来结账，服务员小姐看了半天，说不认识这卡，从来没见客人使过。我说，你来这家店多久了呢？她说，一年了。我说，这卡是你们店开张的时候给的，说是永久有效呢。小姐就拿了卡去问元老，笑吟吟地回来说，你说得不错，只是连她们也没见过这种卡，一直找到老板才说确有这么回事。

啰唆了这半天，还没说到正题上。我的正题是什么呢？就是我虽然有多张看起来也是硬邦邦闪烁烁的卡，但其实那种可以透支可以境外使用的货真价实的银行卡，一张也没有。先生说过很多次了，说这是时尚，你在高档场所结账的时候，如果掏出一大把皱皱巴巴的现金，是要遭人耻笑的。我说，你也不是不知道，我平日最频繁的交易场所就是农贸市场，别说那里没有刷卡的设备，即便有了，买上一个西瓜刷一次卡，买三条黄瓜半斤草莓再刷两次卡，你觉得如何呢？

家人就嘲讽我近乎一个纯粹的农妇，不能在金融方面与时俱进。好在这羞惭近日得到了雪洗的机会。单位为了发放工资方便，为大家统一办理了银行借记卡。

我拿到借记卡，反复端详并仔细地阅读了有关条文，突然思绪就飞到了很远的地方。

喜欢这个“借”字。我们的一切都是借来的，总归有要还的那一天。《红楼梦》里的公子贾宝玉出生的时候，嘴里是衔了一块玉的。我们每个人出生的时候，并非是两手空空，而是捏了一张生命的借记卡。

阳世通行的银行卡分有钻石卡白金卡等细则，生命的卡则一律平等，并不因了出身的高下和财富的多寡，就对持卡人厚此薄彼。

这张卡是风做的，是空气做的，透明、无形，却又无时无刻不在拂动着我们的羽毛。

在你的亲人还没有为你写下名字的时候，这张卡就已经毫不迟延地启动了业务。卡上存进了我们生命的总长度，它被分解成一分钟一分钟的时间，树木倾斜的阴影就是它轻轻的脚印了。

密码虽然在你的手里，储藏在生命借记卡的这个数字，你虽是主人，却无从知道。这是一个永恒的秘密，不到借记卡归零的时候，你在混沌中。也许，它很短暂呢，幸好我不知你不知，我们才能无忧无虑地生活着，懵然向前，支出着我们的时间，而在某一个早上那卡突然就不翼而飞，生命戛然停歇。

很多银行卡是可以透支的，甚至把透支当成一种福祉和诱饵，引领着我们超前消费，然而也温柔地收取了不菲的利息。而生命银行冷峻而傲慢，它可不搞这些花样，制度森严铁面无私。你存在账面上的数字，只会一天天一刻刻地义无反顾地减少，绝不会增多。也许将来随着医学的进步，能把两张卡拼成一张卡，现阶段绝无可能。以后也要看生命银行的脸色，如果它太觉尊严被冒犯和亵渎，只怕也难以操作。咱们今天就不再讨论。

也许有人会说，现在发布的生命预期表，人的寿命已经到了七八十岁的高龄，想起来，很是令人神往呢。如果把这些年头折算成分分秒秒，一年365天，一天24小时，一小时3600秒……按照我们能活80年计算，卡上的时间共计是2522880000秒（没找到计算器，老眼昏花地用笔算，反复演算了几遍，应该是准确的。）

真是一个天文数字，一下子呼吸也畅快起来，腰杆子也挺起来，每个人出生的时候，都是时间的大富翁。不过，且慢。既然算账，就要考虑周全。借记卡有一个名为"缴费通"的业务，可以代缴代扣。比如手机话费、小灵通话费、宽带上网费、水电费、图文电视费……呵呵，弹指间，你的必要消费就统统交付了。

生命也是有必要消费的。就在我们这一呼一吸之间，卡上的数字就要减掉若干秒了。我们有很多必不可少的支出，你必须要优先保证。首先，令人感到晦气的是——我们要把借记卡上大约三分之一的数额，支付给床板。床板是个哑巴，从来不会对你大叫大喊，可它索要最急，日日不息。你当然可以欠着床板的账，它假装敦厚，不动声色。一年两年甚至十年八年，它不威逼你，是个温柔的“黄世仁”。它的阴险在长久的沉默之后渐渐显露，它不动声色地无声无息地报复你，让你面色干枯发摇齿动，烦躁不安歇斯底里……它会让你乖乖地把欠着它的钱加倍偿还，如果它不满意，还会把还账的你拒之门外。倘若你欠它的太多了，一怒之下，也许它会彻底撕毁了你的借记卡，纷纷扬扬飘失一地，让“杨白劳”就此永远躺下。所以，两害相权取其轻吧，从长远计，你切不可以慢待了床板这个索债鬼，不管它多么笑容可掬，你每天都要按时还它时间。

你还要用大约三分之一的时间来吃饭、排泄、运动、交通、打电话，接吻、示爱和做爱，到远方去旅游，听朋友讲过去的事情，当然也包括发脾气和生气，和上司吵架还有哭泣……当然你也可以将这些压缩到更少的时间，但你如果在这些方面太吝啬支出，你就变成了一架冰冷的机器，而不再是活生生的人。为了让我们的生命丰富多彩，这些支出你无法逃避。

当太老的时候，或者你太小的时候，你有一些时间将不知道自己干了什么。当然，如果有另外的人清楚地记录着你的支出，我想那些时间应该被称为“成长”和“休养生息”。这是一些时间的黑洞，你却必不可少。就像你原来有一笔积蓄，你觉得自己很是俭省，从未乱花过一分钱，但那些钱财还是在不知不觉中流淌，让你囊中渐空。你幼小的时候不能工作和学习，这不是你的过错，只是你的过程。你年老的时候不能创造和奋斗，这也不是你的过错，而是你的必然。为了盛极时的响彻云天，蝉虫必须在泥土中蛰伏蜕变15年，和它相比，人类还算早熟。人类的进步带来了人类的长寿，那多积攒出来的时间，基本上都是晚年。所以，你不能埋怨。你的生命借记卡上的时间的价值并不等值，对此你只有一笑了之。

借记卡有一个功能，就是代缴各种费用。你的生命刨去了这样多的必需支出，你还剩下多少黄金时段？

如果我们能够知道自己生命中能够有效利用的时间到底有多少，我相信一半以上的人都会活得更加精彩。因为借记卡的数字隐藏在无边的黑暗中，这就更需要我们在黑暗中坚定地摸索着前进。

你的密码只有你自己知道。不要把密码告诉陌生人，不要让他人主宰了你的生活。如果你的密码被泄漏，不要伤心，不要自暴自弃。密码是可以修改的，你可以重新夺回你对自己生命的控制权。这张借记卡，只要你自己不拱手相让，就没有任何人能把它从你手中夺走。

不要用你手中的卡，去做纯粹为了虚荣和炫耀的消费。因为那都是过眼烟云，你付出的是生命，收获的是荒凉。

不要用你手中的卡，去买你不喜欢的东西。生命是我们能够享有的唯一，它的光彩和价值就在于它独树一帜的意义。找寻你生命的脐带，它维系着你的历史和光荣，这是你的责任和勇敢所在。如果你逃避或是挥霍，你就彻头彻尾地对不起了一个人，让那个人在无望中泪水流淌。这个人不是你的爸爸妈妈，虽然他们也可能为此伤感，但在他们逝去之后，你依然可以看到新鲜的泪珠在闪耀。这个人也不是你的师长，虽然他们可能会因此失望，但他们还有更多的学生可以期待。要知道你最对不起的人就是你自己，你委屈了千载难逢的表达。

唯有我们不知道生命的长短，生命才更凸显。也许，运动可以在我们的卡里增添一些跳动的数字？也许大病一场将剧烈地减少我们的存款？不知道。那么，在不知道自己有多少银两的时候，精打细算就不但是本能更是澄澈的智慧了。在不知道自己所要购买的愿景和器物，有着怎样的高远和昂贵，就一掷千金毅然付出，那才是真的猛士视金钱如粪土。

这张卡是朴素的，也是昂贵的。你可以在卡上镶上钻石，那就是你的眼泪和汗珠了。没有白金也没有黄金，如果一定要找到类似的东西，美化我们的借记卡，那只有骨骼的硬度和血液的温度了。

你的借记卡就是你的藏赘。当我们最后驾鹤西行的时候，能带走的唯一物品，是我们空空如也的借记卡。当那个时候，我们回首查询借记卡上一项项的支出，能够莞尔一笑，觉得每一笔支出都事出有因不得不花，并将这笑容实实在在地保持到虚无缥缈间，也就是灵魂的勋章了。

其实，当你吐出最后的呼吸之时，你的借记卡就铿锵粉碎了。但是，且慢，也许在那之后，有人愿意收藏你的借记卡，犹如收藏一枚古钱。

悲悯生命

科技发展了，现代人读的是电子读物，乘的是波音飞机。作家，比以前不好当。你能看到的书，他人也能看到。你能参观的自然景点异域风光，别人也许去过得更早更多。从前的诗人，骑一小毛驴，走啊走，四蹄就踏出一首千古绝唱。现代你就是跨着登月火箭，也是干抓一把火山灰阑珊归来。

也许是不自信，我基本上不写游记，不写历史，不写我的时代以外的故事。我将笔触更多地剖向我所生长的土壤，目光关注危机四伏的世界。

写作长篇小说，是一个作家的光荣与梦想（绝无贬低专写短篇小说的大师的意思）。几年前，当我决定开始写作生平第一部长篇小说的时候，具体写什么内容，一时拿不定主意。经过多年储备，很有几份材料是可以写成长篇小说的。它们像一些元宵的胚芽，小而很有棱角地站在我的糯米面箩里，召唤着我，期待着我均匀地摇动它们，让它们身上包裹更丰富的米粉，缓缓地膨胀起来，丰满起来，变得洁白而蓬松，渐渐趋近成品。

委实有些决定不下。想写这个，那个又在诱惑；放下这个，又觉得于心不忍。后来我很坚决地对自己说，既然对我来说哪个都敝帚自珍，就想一想更广大的人更迫切需要什么。我是一个视责任为天职的人。这样一比较，对于毒品的痛恨和有关生命的哲学思考，就凸现出来。也许是我做过多年医生的经历，同病人携手与死亡斗争，我无法容忍任何一丝对生命的漠视与欺骗。也许是我在海拔5000米的藏北高原当兵的十几年生涯，使我痛感生命是那样宝贵与短暂，发誓永远珍爱保卫这单向的航程。

一位屡戒屡吸的女孩对我说，她是因为好奇加无知，才染上毒瘾的。我说，报上不是经常宣传吗，你为何置若罔闻？她说，我们不看报，看了也不信。如果你能写一部非常好看的小说，让更多的人早点读到，也许可以救命。

我不相信文学有那么大的效力，就像我当医生的时候，不相信医学可以战胜死亡。但生命本身，就是明知不可为而为之的悲壮过程。我要用我手中的笔，与生命对话。

整个《红处方》的写作，是离开北京，在我母亲家完成的。有朋友问，你写作此书的时候，是否非常痛苦与沉重？我说，不是。当我做好准备进入写作状态时，基本上心平气和。我知道要走到哪里去，何地迂回，何地直插，胸中大体有数。长篇小说是马拉松跑，如果边设计边施工，顿挫无序，是无法完成整体设计的。

每天早晨按时起床，稍许锻炼后，开始劳作，像一个赶早拾粪的老农。母亲为我做好了饭，我不吃，她也不吃。在这样的督促下，我顿顿准时吃得盆光碗净，好像幼儿园的小朋友。大约三个月后，初稿完成了。我把它养在电脑里，不去看，也不去想。又大约三个月后，最初的痕迹渐渐稀薄，再把初稿调出。陌生使人严格。看自己的东西，好像是看别人的东西，眼光沉冷起来，发现了许多破绽。能补的补，能缝的缝，当然最主要的是删节。删节真是个好帮手，能使弱处藏匿，主旨分明。

书出版后，很多电视台来联系改编电视剧的事，前后大约有几十家吧。天津电视台的导演和制片人，往返多次，同我谈他们对小说的理解，我被他们的诚意感动，说，那我就把《红处方》托付给你们了，希望你们郑重地把这件事做好。

我想表达对生命的悲悯与救赎。

苍凉的生命

面对荒凉的山口，孤独的废墟和沙暴盘旋出的昏暗，她第一次懂得了什么叫做博大和苍老，懂得了一个古老的民族被消失的辉煌和重新崛长的祈望。

群山在壮丽的阳光和湛蓝的天幕下沸腾，每一块岩石和每一朵冰雪，都固执地保持着它们凝固时的模样。极端的严寒，极端的缺氧，极端强烈的紫外线，极端艰苦的跋涉……她的眼泪在某一处悬崖上，凝成了椭圆形的冰粒，至今还悬挂在海拔6000米的峭壁上……然而，苍穹和高原，是她终生眷恋的诲人不倦的尊者，它们哺给她短暂的生命和宇宙的无涯。

当一个十七岁的少女，几乎在一无所知的情况下，告别了北京——这个当时中国内地最先进和繁荣的城市，跋涉万里，到达了青藏高原最边塞和最险恶的山峦之中，她所感到的恐惧和震惊，她所经历的心理跌宕和起伏，即使在三十年之后的今天，每于暗夜中想起，也常常不寒而栗。

十一年后，她从西藏回来了。回到她自幼生活的城市，回到她的亲人和朋友中间。她觉得自己有一种分裂之感，有时会在安逸温暖的家中，突然不知自己身在何方。在那一瞬，她灵魂出窍，思绪如烟飘到九霄云外。

她的神魄又回到雪山上去了。在那个特定的时期，在那个遥远的高耸的地方，发生了一些事情。它们被呼啸的风雪掩埋，成为冰的木乃伊。如果没有人提起，注定永远无人知道。这个当年的女生，现在已经不年轻的女人，经历了这些事情。它们在她的血液中游走着，带着尖锐的冰凌，拒绝融化。她的脑子也因为缺氧，发生了一些不妙的变化。那些记忆绞缠在一起，编成了一条鞭子，在催促着她，做些什么。

于是，她开始尝试着写作。她是一名医生，给人开药方是很内行的，甚至可以说是个受人尊敬的好医生，可是，写作完全是门外汉。好在她还算勇敢，心想，常用汉字就那么几千个，我都会写（当然，有时也有错别字，但大的意思还是有把握的）。只要能把所思所想所感所悟写出来，对得起那段岁月，即可。

她就在一个平平常常的傍晚开始了写作。她写得很快，因为都是自己熟悉的事和人。他们在她的文字中说笑行走，哭泣和攀登。她所要做的事，就是把他们大体地记录下来。所以，她觉得写作的过程不像有人说得那样苦，倒像是被一根魔棒击中，时光倒转一下子回到了从前……她要感谢写作这根魔棒才对。当她把生平第一部中篇小说写完，她很高兴，觉得把一笔对于雪山的债还了。

小说没有名字。她想，故事是发生在昆仑山的，所以，在名字里一定要有“昆仑”两个字。这个方针一定下来，她就发觉自己面临一个大难题。因为“昆仑”这两个字是很重的，它们出现在题目里，就像两个巨无霸，谁能和它们匹配着，肩并肩地屹立在小说的第一行呢？好像有一架巨大的天平，她不由分说地把“昆仑”两个砝码，压在了天平的这一边。在那一边，要有怎样沉重的字，才能镇住天平的均衡？她无奈地想到了，要不，以多胜少吧，用三个甚至四个五个字，来抵住“昆仑”的雄风吧。

想了半天，没结果。她有点发愁。她有个习惯，一到了想不出办法的时候，就睡觉。她会在睡觉之前，把那个难题在脑海里重复一遍，好像脑海岸有一片沙滩，海浪扫过之后，洁净平滑舒缓阔大的样子。她把“昆仑”两个字刻在脑海的沙滩之上，就安稳地睡去了。

那一夜，她睡得很好。当她醒来的时候，她就真的有了一个题目。那个题目是在梦中出现的，只不过它不是镌写在海滩上，而是呈现在一块石板上。好像乡下的孩子读书时用的那种青石板，用乳白色的石笔写下了——“昆仑殇”三个大字（现实中，她从来也没有用过那样的青石板，真奇怪）。

她有点不解。因为“殇”是个冷僻字，在她当医生的生涯里，不曾用过这个字。印象中，这个字，孤独地弥漫在两千年前楚国悲壮的挽歌中……

不过，她确知，这个字组成的篇名，在这一瞬击中了她，它是这篇小说天造地设的标题。她很高兴，她的潜意识像一头勤恳的牛，黑夜中，无声地帮她犁开了一片板结的土地。

聪明的朋友们，看到这里，你们一定知道了，文中的这个“她”就是我了。我就是这样写出了生平的第一篇小说，也就是处女作。

这些年来，每当有人问到我最喜欢的小说最满意的小说是什么？我都说，我还没有最喜欢的小说，因为我还不曾写出。我也还没有最满意的小说，也因为不曾写出。这样讲，有点俗气，但我真是这样想的，我就要这样说。我不能因为害怕人家说我俗气，就编一个瞎话。在说谎和俗气之间，我是宁要俗气的诚实的。同时，我每次都很自觉地告诉访问我的人，我说，我可以报告给你——我印象最深刻的小说，那就是《昆仑殇》。

有很多东西，不是因为它的价值高或是身世奇特我们才珍视它，是因为它其中蕴含了我们太多的心意和太久的眷恋。《昆仑殇》就是一部这样的作品。当我写作它的时候，我毫无功利之心，完全是因为血液里的那些冰凌作怪，才匆匆动笔。如果说，在那以后的岁月中，我有时会以一个职业作家的习惯来从事写作，我可以坦诚地说，在《昆仑殇》中，我唯有一颗拳拳的赤子之心。

《昆仑殇》发表之后，获得了很大的反响。至今，我尚不能完全明白这是为什么。也许，那里太遥远了，那里发生的故事太悲壮了。也许，小说中描写了一种人类生存的极限和一种在极限中的挑战与人性的苦难奋斗，渗入到了人们心中柔软的死穴。

这不是我的能力，这是那座雄伟的高山，假我的手，传递了一点它的神髓。

我要感谢苍凉的西部。因为有了这样的经历，我的一生在某种意义上，变得不同寻常。

飞翔吧，生命

我和陆小娅是同学，老同学。

不是小学的同学，不是中学的同学，也不是大学的同学。我们是在北师大心理学的硕士、博士方向课程的班上，同窗三年。按说三年的时间也不算长，为什么说是老同学呢？我们在一起读书的时候，都是四十多岁的人了，实在不能算作年轻了。

小娅同学有一绝——她的书包堪称“全班之最”。一是大，基本上近似一个中等写字台的抽屉。二是沉，我偶尔拎起的时候，总怀疑里面是否藏着一摞板砖，该同志不是边走路边练武功吧？三是质量好，真正牛皮的，厚实坚韧值得信赖。不由得想，如果我和小娅一道加入红军长征的队伍，爬雪山过草地一定饿不死，因为危机时刻，可以把她的皮包割成小块烤着吃，肯定滋滋冒油。四是内容丰富。说到这里，有人会问——你是不是偷翻过陆小娅的包啊？要不怎么知道里面有什么东西？我要辩白自己从来没有在陆小娅不在场的情况下，检索过她的随身家当。当然啦，她在场的时候，也没有。我的这个结论，完全是自己冷眼旁观得出来的，可见来之不易。

我知道陆小娅的书包里，有教材、笔记本、钢笔、稿纸等一应物品。对于一个当学生的来说，这是一份必然装备，且按下不表。

她的书包里，还有很多待审的稿件，重重叠叠如同千层饼，让人看了眼晕。小娅可说是“半工半读”，在承接着繁重的课业洗礼的同时，还一如既往地承担着《中国青年报》社的行政和编辑工作。用一句流行语来说，就是“双肩挑”，或是“一个人干两个人的活儿”。因此，她的行囊，也就难怪有加倍的容积了。

她的书包里，总是有咖啡。每当课间的时候，她都会为自己冲一杯浓浓的咖啡，用嘴唇吹着缭绕的白气，一小口接一小口很快地喝下，一边喝，一边有些含糊不清地问：“嗨，你喝不喝？我还有哪……”看那神情，不大像是享受，更似农妇蒸馒头的时候，期望火焰更炽热地燃烧，不停往灶坑里填柴。

她的书包里，常常有书。她预备借给别人的，还有她向别人借的。当然前者大大多于后者。小娅是位藏书家，购书的领域很广，数量很大，荐书的眼光很好。她出借书的时候，慷慨义气。常常说，一本好书，若是能有更多的人看到，这本书就更有价值了。我很郑重地对她说过，希望下一次我搬迁的时候，能离你家更近些，办一张你家藏书的借书证，从此受益多多。

她的书包里，还有抹布。小娅干活麻利爱清洁，清晨上班上学的时候，会用抹布擦了公共汽车上的座位，再安然坐下。当然了，此举的前提是那天车上人少，她碰巧有个座位。不然的话，她只好或精神抖擞或疲倦地站在车厢里，奔波在京城的学校、报社和家之间的拥挤中，再清洁的抹布也没有用武之地了。

她的书包里，还会有塑料袋。如果家中那天恰好没水果了，她会在街头的小店买了橘子或是香梨，用塑料袋装了，塞进书包里，再去开会。

小娅的书包，透露出了小娅的身份和她的业绩。她是一个好学生、好工作人员（她被评为2000年的全国劳模）、好主妇……她在繁重的工作和学习之余，以手中的笔，描绘了很多人的生存状态和她的深深思虑。心血凝聚，有了这本书[①]。小娅期待着每个人的生命，都能飞翔起来，如同雪山之颠乘风直上的喜马拉雅鹰。

---

① 《飞翔吧，生命》。

有多少人反思过自己生命的状态呢？它是站立着还是匍匐着？是沸腾着还是喑哑着？是绚烂着还是惨淡着？是舒展着还是蜷曲着？是清澈着还是混浊着？是芬芳着还是腐烂着？是洁净着还是朽败着？是生长着还是衰亡着？

……？问你问我也问他。

只要我们一息尚存，我们就与一种生命的状态如影随形。让每一株生命蓬勃奋进，振翅飞翔，我猜是小娅写作的衷心愿望。她有多年的经验与心得，经过学习，更是如虎添翼。我以一个老同学的身份，热忱地向那些关注自己生存状态的人，推荐读一读陆小娅的这本书，你们定会有意想不到的收获。

太平门与非常口

中国人对灾难的“翻译”，表现了一种漫不经心的徐缓。日本人则要直截了当、咄咄逼人得多。我小的时候，就对礼堂里的“太平门”三字百思不得其解。问了大人，说那是一扇平日里用不着的门，不用管它就是了。

从此我看太平门的目光，就是懒洋洋的。潜意识里，甚至觉得它是一个赘物。

日本人斩钉截铁地将它命名为“非常口”，表明它是在非常时期的一个出口。试想哪一个人面对着“非常”二字，敢掉以丝毫的轻心呢？！

一个“太平”，一个“非常”，表达的是两种不同的思维。我们寄予的是最后的美好期望，日本人指出的是当前严峻的形势。现实比希望更加有力。

再如保险业。我们将它译为“保险”，给人一种冬日暖阳般的放松感安全感。东洋人惊世骇俗地直接定名为“日本火灾”、“日本生命”，令人凛然一震，顷刻绷紧了全身的神经。我们宣布的是危机结束后的善后安抚事宜，他们警告的是灾难爆发时的巨大伤害。对于预防抵御灾难来说，毫无疑问，后一种状态比之前一种状态要强大机敏得多。

也许这只是文字游戏，但文字上也确实是有游戏的。在日本任何一架电梯里，都在显要位置标明：

当遇到地震、火灾等灾难时，切不要在电梯内避难。不要继续使用电梯！

这当然是极对的。灾难时，一应电器的使用都应禁止。克拉玛依大火，若不是因电动卷帘门失灵，原不会有那么多鲜花萎地。但日本产的电梯到了中国，就无声无息地消失了这一行性命攸关的字样。

我不知是什么人用什么样的橡皮，擦掉了对于灾难的提醒和忠告。

直视灾难，也许是制伏灾难最好的角度。

安然逝去

每个人都会死。生命之箭脱离了母体，向着死亡的目标飞翔，终结的靶心早已傲然矗立在远方。人的生存是一个向着死亡的存在，这不单是一个抽象的哲学问题，更是每个人非常具体的扫尾。

在人类的进化史上，先有了优生，这符合生物繁衍昌盛的规律。安然地照料即将逝去的衰老的、虚弱的、残败的个体，是一种高级的需要。恕我孤陋寡闻，不知道在动物界里除了“乌鸦反哺”这类未经证实的“孝道”之外，可还有年幼的动物服侍垂老待毙动物的佳话？不敢说没有，起码是极为罕见的。在动物世界之类的节目里，看到的几乎都是为了种族的繁衍，亲代动物不惜舍身饲子，到了粉身碎骨死而后已的地步。所以说，对失去了生殖繁衍价值的垂死的同类，施以温暖的照料，保持他的尊严，这在本质上，不是动物的本能。

人是一种高级生物。在温饱满足之后，便有爱与尊严的需要。当一个人隆重走完一生，却在濒临死亡的时刻将一生的尊严散失殆尽，这对人的价值追求真是一个莫大的反讽。

临终关怀起自宗教的朝圣之途。但中国是一个几乎没有宗教的国度。在广大没有宗教信仰的人群中，怎样实现尊严地活着与尊严地死去，更是任重道远。

我到过国内的若干家临终关怀医院。它们给我的一致感觉是破烂和简陋。那些濒临死亡的人有一种淡漠和渴望交织在一起的眼神，令人看了之后觉得自己还能行走和微笑，是一种奢侈。在期待国家和慈善机构投入更多的人力和物力的同时，又悲哀地想到，对一个幅员如此广阔、人口如此众多的发展中国家来说，这是否是最有效的办法？

人们在哪里死亡呢？人们曾经夸赞过蜜蜂是个懂事的小家伙，因为在蜂巢里永远看不到死去的蜜蜂，濒死的蜜蜂在得到神秘的通知之后，就远离了蜂巢，死在旷野。当人们为不用打扫蜂巢内的死蜂而沾沾自喜的时候，也在寻找着大象的墓园。大象也会在即将死亡的时刻，离开整个象群，找到祖辈的终结处，静静地安息。人们急切地寻找大象的墓园，是因为大象的牙齿。如果大象没有了牙齿，人们对大象魂归何处，估计也和对蜜蜂的下落一般，采取不求甚解的态度。

老吾老以及人之老……是一句名言。在古代汉语的学习中，这句话屡屡被提及。老师不厌其烦地告知大家，这中间有三个“老”字，每一个“老”字用法是如何不同。一读到这句话——这么多个“老”字，就让人的头发急遽变白。

中国古代应对人的老化以至死亡，强调的是后辈的“孝道”。这是一种个人的行为，其中还有很多啼笑皆非的因素。有名的“二十四孝”，总体上矫情而煽情，走极端太多，但对老人的基本需要很淡漠。

生命之箭的抛物线，在越过了最高点之后，就会疾速地下滑。在以往漫长的农耕时代，那箭的坠落之点就选在自己的家中。略有积蓄的农家，早早就筹划着有关死亡的各种部署。记得我十几岁到乡下学农，住在一户孤老太家中。院子里摆着棺木，每当艳阳天，老太就在绳子上晾晒寿衣。斑斓的衣物那么精致，那么娇艳，璀璨满地，色彩将破败的小院映得燃烧般美丽。

这就是前工业社会的死亡，它虽然奇异，却并不是不可忍耐和不可接受的。从那位老人平静和周密的策划中，我甚至感到了一种筹划的快乐。

如今城里的孩子们是没有这份福气了。他们看不到死亡，死亡被封闭到医院雪白的帏帐之后，被浓重的药水浸泡着，与世隔绝。但是人们对于死亡的好奇与探索是与生俱来的。于是，人为地封闭了解死亡的天然途径，只为疑惧和恐吓留下了空间。见缝就钻的影视商人，岂能放过这一块令人垂涎的黑色蛋糕？荧幕上充斥的死亡是夸张和不自然的。为了种种剧情的需要和商业的噱头，死亡被随心所欲地描述成：恐惧的、黑暗的、血腥的、冰冷的、丑陋的、残暴的、惊世骇俗和匪夷所思的……如果说这只是一个方面，那么另一个方面就有着更为迷人而充满诱惑的效果。在一些作品中，死亡被描绘成一个神话，令人神往、无限凄美、非常妖娆、缠绵悱恻并具有可逆性，等等。

作为艺术的死亡，可以有其发挥的空间。但是这种描述在人们对正常的死亡缺乏认知的空白之处膨胀，特别是对青少年，它所起到的传授和导向的力量就变得诡异而不可忽视。

死亡是生命的正常部分，死亡是生命的最后部分。死亡是成长的最后阶段，死亡是我们生活中不可分割的有机体。在现代医疗技术的帮助下，绝大多数的死亡可以是平静的、安宁的、洁净的、有尊严的。

当我们能够坦然地接受死亡，生命的质量因此而提升。如果我们不能视死亡为正常生活中不可逃避的一部分，我们生命的枝蔓就无法真正地舒展，哀伤和恐惧就栖息在心灵某个幽暗的角落，在某个暗夜或是某个风雨大作的时刻，沮丧悲哀，让我们泪流满面甚至痛不欲生。

工业社会将正常的死亡从乡间搬到了城市，从自然消解变成了充满人工痕迹的抢救。我至今对“抢救”一词心怀惴惴。这是一个直接从工业化大生产中移植来的术语。君不见“抢购抢兑”“抢修”“抢班夺权”等，凡事只要“抢”，就有了紧迫与暴烈的味道。在正常情形下，死亡是不需要抢的，是渐进和缓释的。所以，我以为，除了儿童和青壮年的车祸外伤和疾病需争分夺秒地抢救，天然的死亡不妨从容安详。

生命的终结是一个余音袅袅绕梁三日的过程。想一想还有哪些未完结的事情，等待着我们有一个妥帖的终了？有哪些亲切的话语，还未对这个世界娓娓表达？有哪些不放心的事项，还不曾交代清晰？还有哪个想一见晤面的人，尚在路上奔跑，需要顽强地等待？还有哪件珍爱的纪念品，需要随身携带了远行？

这上述种种，对于身手矫健耳聪目明的人来说，只是小事一桩，对行将就木垂垂老矣的人来说，就有着莫大的意义。

我听到很多人说，他们希望死在家里，死在亲人的簇拥之下，死在温暖的床上。他们不希望被一群完全不认识的身穿白袍的人死死缠住，把五颜六色的药水猛灌到干瘪的血管之中。我当实习医生的时候，看到抢救时把病人的肋骨咔嚓嚓压断，心中实在难以安然。我对老医生说：“这人明明没的救了，干吗还要这样折腾他？”老医生说：“如果你不在一个注定要死的人身上练手艺，那你在谁身上练呢？”

于是需要重新界定医学。医学不能为了证明自己的成功，而忽视了病人最基本的权利。那个躺在冷榻之上无知无觉的躯体，毫无反抗的能力。医学在这种时刻，以救治的名义，剥夺了他最基本的支配自己身体的权利。此种意义上的医学，已经不是仁慈，而是一种被白色矫饰过的残忍。

医学并不是万能的。死亡在进化与代谢的链条上，是不可战胜的。医学应该有一个边界。这个边界就是以病人的选择与尊严为第一出发点，而不是单纯从医学技术的角度考虑得失。

现代医学在描述方面远远走到了治疗的前面。就是说，对一个疾病的发生发展和转归，它已能清晰地预报。但是，在治疗的手段上，就远远没有这样乐观了。我以为这是一个必然。因为医学只能在一个有限的范畴之内发挥自己的力量，但在更广阔的领域中，它是一种描述的科学。

建立新型的医疗评价标准。因为死亡并不是失败。既不是病人的失败，也不是医生的失败。死亡是可以接受的必然之路。

我希望在新的世纪里，更多的人能死在自己的家里。这是一种更人道更有尊严感的温暖的死亡。让死亡回归家庭，这在表面上看来，是后工业社会对前工业社会的一种重复，其实是螺旋形的上升。

死在家里。这是多少人的梦想啊。当权威的医学机构资深的临终关怀专家作出了我的生命将不久于世的判断之后，我将自愿放弃一切旨在延长我生命的救治措施。我将回家，回到我的亲人身边。我相信现代医学的发展，可以让生命的最后阶段免除撕心裂肺的痛苦，我以为这是现代医学最令人骄傲的成就之一，务必请发扬光大。我将使我的生命的最后时光，尽可能地充满安宁与欢乐。因为死亡不可避免，但我们依然可以传达无尽的关爱。这种眷恋之情，是我们生命得以存在的理由和抵御孤独的不绝力量。

谁来照顾濒临死亡者？我觉得应该把义工的普及当做全民素质提高的重要组成部分。把这一行为的意义，从个人的善行，上升到整个人格的修养和社会信用评价体系的层面来衡量。我在美国走访过一家社会服务机构，它的义工几乎全部来自大学硕士学位的攻读者，素质很高。我很惊讶在那样紧张的课程之中，这些研究生能数年如一日地毫无报酬地做义工，激励机制何在？组织者告诉我，当地州政府通过了一项法案，凡是做过此类义工的同学，他们可修得很可观的一份学分，几乎相当于硕士学位所需学分的三分之一。更有很多用人机构，将一个学生是否做过高素质的义工，当做他是否具有爱心的标志之一，成为能否雇用他的重要砝码。

死在家里。一个奢侈的想法。我们需要有比较宽敞的住房，我们需要有充满爱心的家人，我们需要有上门巡诊的高素质的临终关怀医生，我们更需要整个民族对死亡有一个达观和开放的接纳。

安然逝去，这是很大的工程。首先是观念上的转变，人们要接受死亡的必然。要在自己年富力强的时候，完成对于死亡的整体构想，死亡不是一个可以边设计边施工的项目，我们要未雨绸缪。

感谢浙江大学出版社的远见和卓识，策划出版了一套充满人文关怀精神的书籍[①]。它不会洛阳纸贵，却是普通人的必需。感谢杜希武先生和其他所有参与编辑工作的人们，他们以不懈的努力和艰苦的劳动，直接促成了这套书的诞生。当然，更要感谢每部书的作者。他们是杰出的学者和科学家，从各个角度探讨了死亡的奥秘和人们对于死亡的种种思索，他们从历史之海中把死亡这条生猛的巨鲸打捞出来，让我们在惊骇它庞然的体积之时，也看清了它须尾的细部。既然我们一定要和它遭逢，那么这种近距离的查看和抚摸，就有了现实的意义和战略上的远谋。

我也要深切地感谢我的母亲。她身患癌症，病情日笃。她以安然和镇定，使我意识到了人可以勇敢慈祥地面对最后的归所。这不单在理论是可行的，在实践中也可以成立。她知道我在参与这样一件有益的工作，表示了极大的支持。她鞭策我把用于照料

① 浙江大学出版社的“死亡丛书”。

她的时间投放到这套书的事务之中。她不但给予了我生命，而且在教会我死亡。

夜深了，窗外繁星点点。最渺小的星星也比一个人的生命要长久得多。人生有清晨，人生也是有夜的。夜晚过去了，就娩出黎明。黎明是我们的，夜晚也是我们的。无论白天还是夜晚，我们都期待安宁和尊严。

永别的艺术

看书就似常下饭馆，口味刁了，一般佳肴已引不起口水。对人说，这篇文章可看，已是好评语。近读一文，内有几位日本女性，款款道来，谈她们如何人到中年，就开始柔和淡定地筹划死亡。好像戏刚演到高潮，主角就潜心准备谢幕时的回眸一笑，机智得令人叹服。

有一位女性，从62岁起就把家中房子改建成三间，适合老年人居住，以用做“最后的栖身之所”。删繁就简，把用不着的家具统统卖掉，只剩下四把椅子，两个杯盘。丈夫叹道：“这么早就给我收拾好啦！”

一位女儿为父母收拾遗物，阁楼就像旧仓库，到处是旧书和电话簿，摞得比人还高。式样该进博物馆的服装，包装的盒子还未撕开，不知何时买下的布料，质地早已发脆。像出土文物一般陈旧的卫生纸，不起丝毫泡沫的洗涤剂……房地产证、银行存折、名章等重要物件，却不知藏在什么地方。她想起母亲生前常说，我是不会给孩子们添任何麻烦的……心想，人不能在死亡面前好强，还是未雨绸缪的好。

她把父母家中的家具、衣物、餐具都处理了，最难办的是，母亲生前花了250万日元自费出版的自传剩下一百多册，无法处置。再三考虑之后，女儿双手合十默念道："妈妈，留下来的人还要生存，只有对不起您了。"说完，她只收起四部自传，其余的都销毁。母亲的日记，她带走了，但每读一遍，都沉浸在痛苦之中。当她49岁时，先烧掉了自己的日记，然后把母亲的日记也断然烧光，从此一了百了。

风靡全球的《廊桥遗梦》，其实也是一个从遗物讲起的故事。死之前应该做的事，似乎还挺多，如果疏忽了，有时是难以弥补的缺憾。一位妻子患病住进医院，丈夫天天守候在床边，寸步不离。妻子刚开始是感动，随之就是生疑。终于察觉到不是一般的病，丈夫是在尽力增多和自己待在一起的时间。她深深地不安了，一再强烈要求出院，回到自己家中。丈夫知她病情重笃，哪敢让她走，只好不断说"明天我们就办手续"，敷衍她。女人终于在一天夜里，大睁着双眼走了。丈夫整理妻子遗物的时候，发现了她与情人八年相通的记载，总算明白妻子最放心不下的是什么了。

读着这些文字，心好像被一只略带冷意的手轻轻握着，微痛而警醒。待到读完，那手猛地松开了，有新鲜蓬松的血，重新灌注四肢百骸，感到阳间的温暖。

第一次清晰地感受生人对死亡的准备，是十几岁下乡时，房东大娘在秋阳下晾晒老衣。她脸上欣赏的神色和寿装绚丽妖娆的色彩，令我感到老人有一种早日套入它们的期待。细想起来，农牧社会的死亡，也是节俭和单纯的。一个人死了，涉及的不过是几件旧衣，或烧或送，都好处置。其他农具家具炊具，属于大家庭，不会也不应随了死者遁去。

现在社会在种种进步之中，也使死亡奢华和复杂起来。你不在了，曾经陪你的那些物品，还在。怎么办呢？你穿过的旧衣，色彩尺码打上强烈个人印迹，假如没有英王妃黛安娜的名气，无人拍卖无处保存。你读过的旧书，假如不是当世文豪，现代文学馆也不会收藏，只有掩在尘封中，车载斗量地卖废品。你用过的旧家具，式样过时，假如不是紫檀或红木，也无后人青睐，或许丢弃垃圾堆。你的旧照片，将零落一地，随风飘荡，被陌生的人惊讶地指着问："这是谁？"

当我认真思忖死后的技术性问题时，感觉到的不再是对死亡的畏惧，而是对不幸参与料理这一事物的人，充满歉意。假如是亲人，必会引起悸痛，但我的本意，是希望他们平静。假如是素不相识的人，出于公务或是仁慈相助，更应减少他人的劳动强度。

我原以为死亡的准备，主要是思想和意志方面。不怕死，是一个充满思辨的哲学范畴，现在才发觉，涉及死亡的物质和事务也相当繁杂。或者说，只有更明智巧妙地摆下人生的最后棋子，才能更有质量地获得完整的尊严。

让年富力强的人，考虑死亡，似乎是一件可笑的事情。但死亡必定会在某一个不可知的时辰，与我们正面相撞，无论多么伟大的人都要臣服它的麾下。

经常想想自己明天或者最近就可能死，其实很有益处。

一是有利于感悟生命，体验到它的脆弱和不堪一击，会格外地珍惜今天。有许多暂时看来无法跨越的忧愁与痛苦，在死亡的烈度面前，都变得稀薄了。

第二是有利于抓紧时间。日常生活的琐碎重复，使我们常常执拗地认为，自己是坐拥无限时光的大富翁，可以随意抛洒。死亡给了我们一个不由分说的倒计时，无论你此刻多么精力超群，时间之囊里的水，都在一去不复返地失落着，储备越来越少。

第三是有利于我们善待他人，快乐自身。死亡使真情凸现，友情长存。

总之，死亡可是不讲情面的伴侣，最大特点就是冷不防，更很少发布精确的预告。于是如何精彩地永别，就成了值得深入探讨的问题。日本女人的想法，像她们的插花，细致雅丽，趋于婉约。我想，这门最后的艺术，不妨有种种流派，阴柔纤巧之外，也可豪放幽默。小桥流水或横刀跃马，都可以事先多次设计，身后一次完成。或许将来可有一种落幕时分的永别大赛，看谁的准备更精彩，构思更奇妙，韵味更悠长。

唯一的遗憾，就是这比赛的冠军，不能亲自领奖了。

假如我能活下去

“假如我能活下去，我还要写一本这么厚的书。”

张海迪对我说。

这本书——《轮椅上的梦》，整整32万字。作为同是参加全国青年作家会议的代表，我们在21世纪宾馆第十六层的一个房间促膝交谈。俯瞰夜色中的北京，烟雨蒙蒙，灯光璀璨。

张海迪身穿银灰色牛仔上衣，胸前绣着温暖的迎春花。下着黑色浅条纹西裤，肉色丝袜，小巧的黑皮鞋，鞋袜和裤腿，纤尘不染，因为她永远不能站起来。

原以为自己会看到一位轮椅上的贵族，花环和鲜花。但在这个凄清的夜晚，得以在咫尺之内观察张海迪，我那颗作为医生和女人的心，为之战栗。

在那些美丽而典雅的衣服之下，包裹着一具高位截瘫的躯体，只有第二胸椎平面以上才有感觉。打个残酷的比喻，张海迪实际上只是个半截人，像一座半身胸像。

海迪的妹妹小雪陪伴着她。小雪很高，我一米六八，她比我还高。小雪对我说，海迪出生时九斤重，幼年时高大而健康。看着轮椅上的张海迪，我心中黯然。无情的疾病将她拦胸砍断，并不罢休，似乎它想试一试，在这个孱弱的女性身上，究竟还蕴藏着多少力量。1991年1月，张海迪在上海进行手术，被确诊为黑色素癌。

她的脸上，残留着手术后的巨大瘢疤，即使在灯光下，也很触目。她的手背上，有为了写作而磨砺出的茧子，厚硬如田间耕作的老农。

“假如我能活下去，我还要学西班牙语。”

张海迪对我说。

她已经通晓英、日、德、俄、朝鲜、世界语等六种语言。

“假如我能活下去，我还要办油画展。”

张海迪对我说。

她的手很美，这几乎是她身上唯一同健康人相似的部位。就是用这双手，为孩子们理发，替姑娘们裁衣，给病人们扎针，写了八本书。

“假如我能活下去，我还要弹钢琴。”

一个又一个的计划，从张海迪苍白的嘴唇吐出来，像鸽群似的展开翅膀，飞往窗外广袤的夜空。

命运像一把悲壮的铁锤，击打着张海迪残缺的身体。她的意志在这铁与血的淬炼中，锻造得无比坚强。

只有一刻，她清澈的双眸蒙上凄凉。“你有一个儿子，这多幸福……”她轻轻地说。

张海迪已经浓重地感觉到了死亡的阴影。在最后告别的“21世纪文学之夜”的晚会上，她深情地对大家说：“我给大家唱一支歌。假如有一天我不在了，希望你们能记住我的歌……”

她唱的歌的歌名是《好人一生平安》。

海迪在给我的书上写道：“亲爱的淑敏大姐留念，让我们更加热爱生活吧！”

海迪，我祝你永远平安！

21世纪，我们死在哪里

新的世纪来了，人们对这个世纪有很多预言。假如记录在案，将来统计一下，看有多少命中率？我有一个小小的预言，估计猜中的概率是很高的，那就是——从上个世纪跨入这个世纪的人，绝大部分无法再跨越到下个世纪去。

你必将死于这个世纪。这不是一个咒语，是一个现实。

哪怕是出生在上个世纪的最后一天，他或她要进入下个世纪，年龄也将超过100岁，老寿星毕竟是有限的。

我们将死在哪里呢？

首先我不希望自己死于战场，我希望世界持久和平。其次是不希望自己死于恐怖事件。再次是不希望自己死于交通事故。最后是不希望自己死于天灾和瘟疫。我可以欣然接受自己死于自然规律，死于理智选择过的自我终结，死于我认为有必要付出自己生命的事业。

我的爷爷生于19世纪，死于20世纪的农村。他是死在自己的家里，死的时候很平静。我的父亲死于20世纪的末期，他是死在城市的医院里，全家人围绕在他的身边。

在过去的一个世纪里，死亡悄悄地从家中转移到了医院。如果一个病人，死在家里，人们会遗憾地说："还没来得及送到医院，人就……"

人需要到医院里去死，几乎成了文明进步的重要指示剂。现代社会的成就之一就是让死亡从日常的家居中消失，医院的白大衣如同魔法师的黑斗篷，铺天盖地罩住了死亡，死亡变得日益神秘和遥远。

然而，死亡没有走开。它静静地坐在城市的长椅上，耐心地等待着某个适当的时机，把你悄悄地领走。

于是想，面对每个人都必然遭逢的死亡，医院是否是我们最好的终点驿站?

如果有人问："你希望死在哪里？"我一定会毫不犹豫地说："死在家里。"

死在家里，其实是一件奢侈的事情。世界变了，和早年间不一样了。那时，一个孩子，从很小的时候，就看到了老人和动物的死亡，他们接受死亡，并不大惊小怪。谁家有人死了，大家都来帮忙。摘下一块门板，把死去的人放在上面，并不恐惧。各种有关丧仪的习俗，寄托着哀思，也稀释了痛楚。

如今，大家住在密不透风的钢筋水泥森林里，失去了田园的宽阔和农舍的疏朗。如果有一个濒临死亡的人执意要死在家里，估计大家都会不知所措。茫然和惊吓还有无尽的焦灼，会使活着的人煎熬在巨大的混乱中。

需要普及关于死亡的知识。我希望有人告诉我，死亡来临之时，如果我不曾昏迷，我将遇到怎样的麻烦？有何种应对的方案？我不希望对自己生命的最后阶段，稀里糊涂一无所知。我希望像出国旅游之前，先发我一张到达国的地图，以便心中有数。

我希望我的家人对我的死亡有比较充分的准备。他们首先在精神上接受这件事情的必然性，不悲戚和惊惶。在我最后的时刻，保持温和的平稳与冷静，如果实在忍不住，就轻轻地哭泣几声，以示告别。如果在我远行时分，回头看到他们捶胸顿足泪眼滂沱，我会感到无能为力并因此深深不安和愧疚。

我希望不要抢救我，不单是为了节省药品，而是因为这样做违背了我的意志。为了让我有短暂的苟延残喘而劳民伤财，实在得不偿失。

我已无怨无悔地度过了整个人生，当应该画上句号的时候，迟迟不落笔，这个尾结得不好，是为憾事。

临死之前，我希望当我不想喝水的时候，就不要喂我水了。当我不想吃饭的时候，就不必劝我吃饭了。我不喜欢某部电视剧中的情节，一位老太太马上就要咽最后一口气了，一位晚来的孝子扑到她跟前说："孩儿来晚了，还没来得及孝顺您老人家。您一定要把孩儿给您带来的这块点心吃了……"说着，就把一块硬硬的糕饼塞到老人嘴里。结果老人头一歪，死了，饼子也从嘴里掉出来。我觉得这个孝子在母亲最后的时候，考虑的不是老人的实际情况，而是他自己的情感需求。这就不是真孝，不是大孝。当然，可能也和无知有关。国人常常以为只要能吃就是好的。其实大谬。当死亡驾临的时候，能量就是有毒的东西了。

死亡是生命成长的最后阶段。闲暇之时，不妨为自己设计一下死亡，如同一个读书郎，盘算着上哪所大学哪个专业？

你为什么而活着

我有过若干次讲演的经历，在北大和清华，在军营和监狱，在农村土坯搭建的课堂和美国最奢华的私立学校……面对从医学博士到纽约贫民窟的孩子等各色人群，我都会很直率地谈出对问题的想法。在我的记忆中，有一次的经历非常难忘。

那是一所很有名望的大学，约过我好几次了，说学生们期待和我进行讨论。我一直推辞，我从骨子里不喜欢演说。每逢答应一桩这样的公差，就要莫名地紧张好几天。但学校方面很执著，在第N次邀请的时候说，该校的学生思想之活跃甚至超过了北大，会对演讲者提出极为尖锐的问题，常常让人下不了台，有时演讲者简直是灰溜溜地离开学校。

听他们这样一讲，我的好奇心就被激励起来，我说我愿意接受挑战。于是，我们商定了一个日子。

那天，大学的礼堂挤得满满的，当我穿过密密的人群走向讲台的时候，心里涌起怪异的感觉，好像是“文革”期间的批斗会场，不知道今天将有怎样的场面出现。果然，从我一开始讲话，就不断地有条子递上来，不一会儿，就在手边积成了厚厚一堆，好像深秋时节被清洁工扫起的落叶。我一边讲课，一边充满了猜测，不知道树叶中潜伏着怎样的“思想炸弹”。讲演告一段落，进入回答问题阶段，我迫不及待地打开了堆积如山的纸条，一张张阅读。那一瞬，台下变得死寂，偌大的礼堂仿若空无一人。

我看完了纸条说，有一些表扬我的话，我就不念了。除此之外，纸条上提得最多的问题是——

> 人生有什么意义？请你务必说真话，因为我们已经听过太多言不由衷的假话了。

我念完这个纸条以后，台下响起了掌声。我说你们今天提出这个问题很好，我会讲真话。我在西藏阿里的雪山之上，面对着浩瀚的苍穹和壁立的冰川，如同一个茹毛饮血的原始人，反复地思索过这个问题。我相信，一个人在他年轻的时候，是会无数次地叩问自己——我的一生，到底要追索怎样的意义？

我想了无数个晚上和白天，终于得到了一个答案。今天，在这里，我将非常负责地对大家说，我思索的结果是：人生是没有任何意义的！

这句话说完，全场出现了短暂的寂静，如同旷野。但是，紧接着就响起了暴风雨般的掌声。

那是我在讲演中获得的最热烈的掌声。在以前，我从来不相信有什么“暴风雨”般的掌声这种话，觉得那只是一个拙劣的比喻。但这一次，我相信了。我赶快用手做了一个“暂停”的手势，但掌声还是绵延了若干时间。

我说：“大家先不要忙着给我鼓掌，我的话还没有说完。我说人生是没有意义的，这不错，但是——我们每一个人要为自己确立一个意义！

“是的，关于人生的意义的讨论，充斥在我们的周围。很多说法，由于熟悉和重复，已让我们从熟视无睹滑到了厌烦。可是，这不是问题的真谛。真谛是，别人强加给你的意义，无论它多么正确，如果它不曾进入你的心理结构，它就永远是身外之物。比如我们从小就被家长灌输过人生意义的答案。在此后漫长的岁月里，谆谆告诫的老师和各种类型的教育，也都不断地向我们批发人生意义的补充版。但是，有多少人把这种外在的框架，当成了自己内在的标杆，并为之下定了奋斗终生的决心？”

那一天结束讲演之后，我听到有同学说，他觉得最大的收获是听到有一个活生生的中年人亲口说，人生是没有意义的，你要为之确立一个意义。

其实，不单是中国的青年人在目标这个问题上飘忽不定，就是在美国的著名学府哈佛大学，也有很多人无法在青年时代就确立自己的目标。我看到一则材料，说某年哈佛的毕业生临出校门的时候，校方对他们做了一个有关人生目标的调查，结果是：百分之二十七的人完全没有目标；百分之六十的人目标模糊；百分之十的人有近期目标；只有百分之三的人有着清晰而长远的目标。

二十五年过去了，那百分之三的人不懈地朝着一个目标坚忍努力，成了社会的精英，而其余的人，成就要相差很多。

我之所以提到这个例子，是想说明在人生目标的确立上，无论中国还是外国的青年，都遭遇到了相当程度的朦胧或是混沌状态。有人会说，是啊，那又怎么样？我可以一边慢慢成长，一边寻找自己的人生意义啊。我平日也碰到很多青年朋友，诉说他们的种种苦难。我在耐心地听完那些折磨他们的烦心事之后，把他们乞求帮助的目光撇在一旁，我会问：“你的人生目标是什么呢？”

他们通常会很吃惊，好像怀疑我是否听懂了他们的愁苦，甚至恼怒我为什么对具体的问题视而不见，而盘问他们如此不着边际的空话。更有甚者，以为我根本就没有心思听他们说话，自己胡乱找了个话题来搪塞。

我会迎着他们疑虑的目光，说："请回答我的这个问题，你为什么而活着呢？"

年轻人一般会很懊恼地说："这个问题太大了，和我现在遇到的事没有一点关联。"我会说："你错了。世上的万事万物都有关联。有人常常以为心理上的事只和单一的外界刺激有关，就事论事，其实心理和人生的大目标有着纲举目张的紧密接触。很多心理问题，实际上都是人生的大目标出现了混乱和偏移。"

举个例子。一个小伙子找到我，说他为自己说话很快而苦恼，他交了一个女朋友，感情很好。但女孩子不喜欢他说话太快。一听他口若悬河滔滔不绝地说个没完，女孩就说自己快变成大头娃娃了。还说如果他不改掉这毛病，就不能把他引荐给自己的妈妈，因为老人家最烦的就是说话爱吐唾沫星子的人。

"你说我怎么才能改掉说话太快的毛病？"他殷切地看着我，闹得我都觉得如果不帮他这个忙，简直就成了毁掉他一生爱情和事业的凶手。

我说："你为什么要讲话那么快呢？"

他说："如果慢了，我怕人家没有耐心听完我的话。您知道，现在的社会节奏那么快，你讲慢了，人家就跑了。"

我说："如果按照你的这个观点发挥下去，社会节奏越来越快，你岂不是就得说绕口令了？你的准丈母娘就不是这样的人啊，她就喜欢说话速度慢一点并且注意礼仪的人啊。”

他说：“好吧，就算你说的这两种人都可以并存，但我还是觉得说话快一些，比较占便宜，可以在单位时间内传达更多的信息。”

我说：“那你的关键就是期待别人能准确地接受你的信息。你以为只有快速发射信息才是唯一的途径。你对自己的观点并不自信。”

他说：“正是这样。我生怕别人不听我的，我就快快地说，多多地说。”

当他这样说完之后，连自己也笑起来。我说，“其实别人能否接受我们的观点，语速并不是最重要的。而且，你能告诉我，你为什么这样在意别人是否能接受你的观点？”

这个说话很快的男孩突然语塞起来，忸怩着说：“我把理想告诉你，你可不要笑话我。”

我连连保证绝不泄密。他说：“我的理想是当一个政治家。所有的政治家都很雄辩，你说对吧？”

我说：“这咱们就比较接触到了问题的实质。要当一个政治家，第一要自信。他们的雄辩不是来自速度，而是来自信念。一个自信的人，不论说话快还是慢，他们对自我信念的坚守流露出来，会感染他人。我知道你有如此远大的理想，这很好。你要做的事，不是把话越说越快，而是积攒自己的力量，让自己的信念更加坚强。”

那一天的谈话到此为止。后来，这个男生告诉我，他讲话的速度就慢了下来，也被批准见到了自己的准丈母娘，听说很受欢迎。

这边刚刚解决了一个说话快的问题，紧接着又来了一位女硕士，说自己的心理问题是讲话太慢，周围的人都认为她有很深的城府，不敢和她交朋友，以为在她那些缓慢吐出的话语背后，隐藏着怎样的阴谋。

“我试了很多方法，却无法让自己说话快起来，烦死了。”她慢吞吞地对我这样说，语速的确有一种压抑人的迟缓，好像在话的背后还隐藏着另一句话。

我看她急迫的神情，知道她非常焦虑。

我说：“你讲每一句话是否都要经过慎重的考虑？”

她说：“是啊。如果不考虑，讲错了话，谁负得了这个责？”

我说：“你为什么特别怕讲错话？”

女硕士说：“因为我输不起。我家庭背景不好，家里有人犯了罪，周围的人都看不起我们；家里很穷，从小靠亲戚的施舍我才能坚持学业。我生怕一句话说差了，人家不高兴，就不给我学费了。所以，连问一句‘你吃了吗？’这样中国最普通的话，我也要三思而后行。我怕人家说，你连自己的饭都吃不饱，也配来问别人吃饭问题。”

听到这里，我说：“我明白了。你觉得自己的每一句话都可能引致他人的误解，给自己造成不良影响。”

女硕士连连说：“对对，就是这样的。”

我笑了，说：“你这一句话说得并不慢啊。”

她说：“那我是相信你不会误会我。”

我说；“这就对了。你说话速度慢，不是一个技术性的问题，是你不能相信别人。你是否准备一辈子都不相信任何人？如果是这样，我断定你的讲话速度是不会改变的。如果你从此相信他人，讲话的速度自然会比较适宜，既不会太慢，也不会太快，而是能收放自如。”

那个女生后来果然有了很大的改变，她的人际关系也有了进步。

今天我们从一个很大的目标谈起，结果要在一个很小的地方结束。我想说，一个人的心理是一座斗拱飞檐的宫殿，这座宫殿的基础就是我们对自己人生目标的规划和对世界对他人的基本看法。一些看起来是技术和表面的问题，其实内里都和我们的基本人生观有着千丝万缕的联系。心理问题切不可头痛医头脚痛医脚，那样如同创可贴，只能暂时封住小伤口，却无法从根本上让我们的精神强健起来。

翅膀上驮着天堂亲人的期望

昨日从四川回来，在飞机上与同行的心理医生杨霞说：“到了北京后，第一愿望是拿出一天时间，一句话也不说。只因这两天说的话太多，舌头已像撬杠一样僵直。”

和家里人可以不说话，但博客的文字还是要写。人们关注着灾区，会急切地询问每一个到过那里的人——灾区怎么样了？衣食住行可有保障？孩子们可有欢颜？山川可太平？大地可安稳？

大地并不安稳，时有余震发生。看报道，自5月12日四川大地震发生后，当地可以监测到的余震，已有9000多次。我们一向以为是最坚固最牢不可破的土地，却发生了可怕的崩裂与崩塌，这对于人们赖以生存的安全感的摧毁，已到了无以复加的地步。

从北京机场出发，我们一共有35件行李。主要是书籍和奥运福娃的挂件，都是送给北川中学孩子们的礼物。书是协和医科大学杨霞副研究员所撰写的《重建心灵家园》，副标题叫做“震后心理自助手册”，从书的名字你就可以知晓内容，对当前的灾后心理康复是多么及时并富有建设性。八万多字的书稿，杨霞医生用了三天时间，夜以继日地工作，并完全是义写，不取分文稿费，令人感动。石油工业出版社的编辑们在第一时间编辑出版，立下了汗马功劳。奥运福娃挂件，是北京石油附中的师生们精心挑选的。最让人安心的是——所有的书籍和福娃，都是按照2000人份准备的，北川中学现有1700多名学生，按人头分，每位老师和每个同学都有一份。我从小就特别害怕数量有限的礼物，发放时刻，有的人有，有的人没有。虽然我因为学习好，每次都会得到礼物，但我忘不了没有收到礼物的孩子的忧郁。我觉得太少的礼物，还不如没有呢。不然，令分配的人惆怅，对得不到礼物的孩子们来说，很容易引起自卑感。现在能充分供应满足大家最好，皆大欢喜。

2000本书，2000个福娃挂件，你可以想见它们的体积和重量。在办理登机牌的柜台前，女服务员说超重了几百公斤，如果按照规定罚款，大约需要7000元。我们赶紧解释，说这是送给灾区小朋友的心意，希望能够放行。红十字会办事人员说这可需要向机场领导请示，要不然，7000块钱呢，比他一个月的工资还多。请示的结果是免费放行，大家松了一口气。拿着长长一溜行李牌，觉得很气派。

驶往绵阳方向的车并不是很多，所有的车上，几乎都悬挂着“××省支援”的字样。你真的可以体会到一方有难八方支援的深情，感受到国家大了的好处。

在夜晚进入绵阳，周围是黑暗寂静的。车窗玻璃突然被水雾弥漫。原以为下雨了，细看才知道是戴着口罩的工作人员站在远处，用喷枪向车身喷洒药水。每一辆车都要在此沐浴一番，然后无毒一身轻地驶入这座聚焦着无数人目光的城市。

路旁的居民楼几乎没有灯光。我问司机，人呢？当地同志告知，绵阳为了预防唐家山堰塞湖的水患，已经按照第一方案撤离了二十万人。还有一些人到外地投亲靠友去了，留下的人，也不敢在楼房内居住，连续多少天了，都夜宿帐篷。楼内没有人，也没有光亮。

微明的路灯映照着壮观的帐篷阵。援建的蓝色帐篷，迷彩图案的草绿色军用帐篷，属于帐篷中的贵族，它们有款有形有窗户，算帐篷群里的豪华别墅。其余的帐篷五花八门，有用条纹布搭建的，有用床单简单遮挡的，有的干脆就是一块搭在绳子上的布头……相当于帐篷中的游击队，各自为战。我第二天大清早在街上走，拍下了一张照片，是墙头外的两块石头。你能猜出这是干什么用的吗？这是坠帐篷用的。在大墙那边，有一顶小小的帐篷需要它固定。

从北京出发的时候，已经考虑到了灾区的艰苦，做好了住帐篷的准备，带了方便面和矿泉水，心想不要给灾区人民添麻烦。不想到了安排住处的时候，才知道要住楼房。我们一个劲儿地说，我们可以住帐篷，完全不怕艰苦。后来才知道，帐篷在灾区是紧俏物资，相比楼房要安全一些。当然了，同志们是一片好意，房间比露宿野外要舒适一些。

分配我住六楼，一出楼梯，天花板断裂的豁口，暴露出犬牙交错的管道。旁边房屋的门框已经变形，裸露的水泥框架在暗淡的灯光下，有几分冰冷。接待同志忙着解释，说房屋震后评测，只是接缝处局部扭曲，不算危房之列。

大家互相交流防震经验，说要在洗手间、承重墙等小开间的地方，放置饮水和巧克力，万一遭遇垮塌，还可以坚持几天。临睡前，我把方便面放在了卫生间，心想“方便”二字，用在此处，实在一箭双雕相得益彰。

不知道是不是精神紧张，还是我的平衡器官特别敏感，总觉得楼体时不时有轻微的抖动。躺了一会儿，未曾睡着，有点焦虑。因为明天要给北川中学的同学们讲课，若是一夜失眠，无精打采地站在讲台上，岂不辜负了信任？

我有择床的坏毛病，换了新地方，刚开始几天，常辗转反侧。平日委靡也就罢了，但明天事关重大，必得精神抖擞。我拿出安眠药，一边倒水一边开玩笑地想，吃还是不吃，这是一个问题啊。不吃，明天满面苍灰神色委顿，令同学们不爽。吃了，若是睡得太沉了，对余震毫无察觉，一觉醒来，也许已在瓦砾中探头探脑。

思谋的结果是一仰脖，吞下安眠药。

一夜安睡。早上起来，阳光灿烂。6点多钟，到绵阳的街头转悠。

很多大卡车，满载物资，停靠在路边。拍下一张照片，证明全国人民心系灾区。

看到街道十分清洁，有些诧异。本以为这里人心惶惶，未必有人顾得上洒扫街道这等平安日子里才注重的事。沿着没有任何纸屑和烟蒂的洁净路面走过去，看到了几位晨起打扫街道的女工。

我说："也许唐家山溃坝，绵阳到处都被淹了。你们为什么还要打扫呢？"

她们都是非常淳厚的人，互相看了看说："从地震以后，我们每天都在扫，一天也没有停过。要是淹了，就没法子打扫了。水退了，还要打扫。"

话朴实到这种地步，简直没有办法再问了。不管发生了怎样天崩地裂的事情，只要活着，就踏踏实实地完成自己的本分，这就是中国人的传承。我问："可以和你们照一张相吗？"

她们有些羞涩，说："当然能照啦。"于是急忙排在一起，我们等到了一个路人，请他为我们拍照，一位女工突然惊呼起来，说："我还拿着扫把呢，不好看啊。"想放下。我说："拿着吧，好看得很啊。"

我看到一处帐篷门口，蹲着一位大汉正在揉眼睛，想必昨夜不曾睡好。一问，得知是山东临沂来支援的志愿者，专门为灾区搭建活动房。我问："住在帐篷里，有没有蚊子？"

他说："多着呢。最怕的不是蚊子，是下雨。"

我说："是不是帐篷漏啊？"

他说："主要是我们搭建的活动房进度慢了。"

惭愧。我说的是自家的宿舍，人家说的是灾民的住处。

临分手时，我说："我能给你照张相吗？"

他想了想，很坚决地摇头："不能。"

我祖籍山东，觉得家乡大汉性格直爽，敢做敢当的，不知天下还有"害怕"二字，未曾想遭他拒绝。可能是看我不解，他说："主要是我跟家里人都说这里挺好的，住的吃的都不用他们发愁，要是知道我这里的实际情况，家里要担心的。"

心细如丝。

北川中学负责接待我们的是蹇书记，羌族。他唯一的女儿在这次地震中遇难，他说，女儿身高一米七，遇难的那一天，还得了一个全国奥林匹克英语的三等奖。蹇书记坚持在抗震救灾的第一线，胸前别着“共产党员”的徽章，照料着全校孩子们的生活学习。旁边走过一个女生，蹇书记说，她就是我女儿班上的。我看到了蹇书记眼中的泪光。是啊，同是一样的孩子，这一个还在阳光下微笑，那一个已经是天人永隔。这样的严酷，怎不叫人肝肠寸断！另有一位老师，孩子和妻子都在地震中遇难。他说：“两个人，哪怕是留下一个也好啊，让我也好有个伴儿，有个盼头。现在，什么都没有了……”

在这样撕心裂肺的苦难面前，所有的言语都异常苍白。

我不知道说些什么。在为孩子们分发福娃的时候，我留下了一个绿色的妮妮。在所有的福娃中，我特别喜欢这一个，觉得她是个喜眉乐眼的女孩，翠绿得如同雨后清秀挺拔的嫩竹。我找到蹇书记，悄声对他说：“这个福娃，请送给你的女儿吧。”我想，在蹇书记的家中（如果把合住的帐篷也称作家），一定有一处洁净的地方，静息着一个如花女孩难舍难分的精灵。她的同学们今天都得到了一个福娃，她也应该有一个啊。

记得北川中学的一位被截肢的女孩说过：“请你们不要称我的那些死去的同学是——没有来得及开放的花蕾，就已经凋落了。不，他们不是凋落，他们已经盛放过了。”

我被这句话深深打动，它充满了一种只有经历过死亡的人，才会有的练达和超拔，尽管那个女孩子只有12岁。是的，生命的价值从来不是以长短来衡量的。那些远去的少年，将他们辉煌的笑靥留给我们，在岁月的尘埃中灿烂千秋。

上午10点。

轮到我演讲了，正确地说，是上一堂特殊的语文课。

很紧张，因为从来没正儿八经地当过语文老师，因为面对的是经历过山摇地动的孩子们，因为孩子们的聪慧和早熟，也因为文章内容在此情此景此地讲解，有点文不对题。

那篇散文叫做《提醒幸福》，选入了全国初中二年级的语文课本。北川中学邀我这个作者讲讲自己的文章，说孩子们看到课文中的作者突然现身，饶有兴趣。

教室里大约有60个座位，坐满了初中二年级一班的学生（因各班都有伤亡，就把几个班合并了。现在是新的班级，满员上课）。还有一些高年级的孩子，曾学过这一课，也赶来听讲。加上站在教室后面的孩子，共约100名学生。老师对我说，本来有更多的孩子要来听课，但临时校址没有大礼堂，况且现在非常时期，为了出现大的余震时能够快速疏散，不能组织大规模的聚会。如果是在操场上，倒是没有生命危险，但天气炎热，怕孩子们中暑……

我怕自己讲得不对，误导了孩子们，私下里觉得来的学生越少越好，免得我讲错了，前脚走了，后脚害得正规的语文老师来纠偏，给人家添麻烦。

我悄声问蹇书记，讲课之前，要不要默哀。蹇书记说：“孩子们经常默哀，每一回都会哭泣。这一次，就不必了吧。”

我站在黑板前面，开始了讲解。

在这片浸透了鲜血和眼泪的满目疮痍的土地上，宣讲幸福。面对着死去了父母死去了同学死去了老师的孩子们，宣讲幸福。从讲台上望下去，孩子们乌溜溜的眼珠，好像秋夜里的星辰，单纯明朗，却掩不住冷霜的寒凉。

我觉得自己根本没有资格和他们谈论幸福。

可是我必须讲下去。

那就从头说起吧。我讲：“我为什么萌生出写这样一篇文章的动机呢？是因为大约二十年前，我看到过一篇报道，说的是国外的一家报纸，面向民众征集‘谁是最幸福的人’的答案。回信纷至沓来，报社组织了一个各方人士汇成的班子，来评选谁是最幸福的人……”

讲到这里，我稍稍提高了声音，问道：“大家说说，那谁是最幸福的人呢？”

我的本意是说，当年的报纸会征得怎样的答案？由于我不是训练有素的语文老师，这个问题，口气太开放了一些，也没有强调时间地域的前提。孩子们以为我的问号是：现在谁是世界上最幸福的人？

他们几乎异口同声地回答：“我们！”

那一刻，我真真是怀疑自己的耳朵。后来，我把这一幕讲给别人听，听到答案的成人们也会充满疑惑地说："地震惨祸之后的孩子们居然说自己是最幸福的人？别是事先老师教好这样说的吧？"

我要非常郑重地宣布，那些孩子绝对是非常真诚地这样认为的，没有任何人事先授意他们。这不但是不可能的，而且是完全没有必要的。再说啦，我毕竟做过很长一段时间的临床心理医生，一个人说的是否是真心话，我还是有一点辨识力的。

大劫余生的孩子们，如此质朴地诠释了幸福。他们说，我们还活着，这就是幸福。我们还能上课，比起我们死去的同学们，这就是幸福。全国人民这样帮助我们渡过难关，这就是幸福。我们的翅膀上驮着天堂亲人们的希望，我们要高高飞翔，这就是幸福……

他们一个个地站起来发言，略带川音的普通话，稚嫩而温暖。我能做的唯一的事儿，就是控制住自己的泪水。

惊骇莫名！感动至深！钦佩不已！激动万分！

我的手提电话响了。真是非常抱歉的事情，我忘了关手机。我对同学们说："对不起，我马上关机。"就在我预备关机的瞬间，我听到电话提示音，说是有国外的电话。儿子在阿拉伯海上的游轮中，这正是他的号码。于是，我对同学们说："我儿子打来的电话，我很想接一下。"我看看表，已经上了40分钟的课了，同学们也需要上厕所，就此宣布：现在休息，10分钟以后继续上课。

儿子芦淼告知我，和平之船的引擎坏了一个，船速大为下降，原定赶到阿曼萨拉拉港的时间，推迟一天。船方正在紧急调运引擎，希望能够在下一个港口修复。此刻，阿拉伯海上洋流复杂，波浪滔天，船上到处都悬挂着呕吐袋，供人们随时使用，船员在紧张地检查救生艇。芦淼问："你好吗？"

我说："很好。你要多多注意安全啊。"

其实，我知道这话等于没说。有些时候，人能做的只有镇定。作为中国第一批"环球游"的旅客，征途上也是波光诡谲。

10分钟后，开始上第二节课。

将课文讲完之后，还有一点时间。我为刚才的接电话，向同学们致了歉。我又说："我原本是在环球游的，知道四川地震了，就从那条船上下来，把'和平之船'为你们捐的善款送回了北京。我说，在浩瀚的太平洋上，各国游客曾经为地震死难的中国人民默哀，我亲见他们的泪水潸然而下……"我说："我今天告诉你们这些，并不是说他们捐赠了多少钱要你们记住，钱并不是最重要的。重要的是，你们并不孤立。除了有祖国大家庭的人们在关怀着你们，全世界爱好和平的仁慈的人们，也在关怀着你们。全世界都期望你们茁壮成长……"

说到这里，我突然想到一个问题，很想听听孩子们的意见。

我对北川中学的100名学生说："我现在有一个问题，想征求你们的看法。你们的意见，将极大地影响我的决定。这个问题就是——我是返回到游轮上继续我的环球游，还是留下来和你们在一起？"

我以为孩子们要考虑很久，没想到他们马上异口同声地回答道："您去环球游！"

我说："难道没有不同意见吗？"

一个男孩子站起来说："我希望您留下来。"

我说，两方面都请谈谈自己的看法。

一方说，我们一定能战胜地震灾难，我们一定会取得胜利！您到船上去吧，你代表我们，带上我们的眼睛去看看世界吧。然后把世界远方发生的事情告诉我们。等我们长大了，也到全世界去看看！

主张我不去的男生说："毕老师，你看到了北川中学，看到这里已经复课，很多人在关怀着我们。但是，我的家在深山里，那里的震情也很严重，那里的孩子们还没法上学，他们需要帮助。尽你的力量帮助他们吧。"

我频频点头。最后我说："可否举手表决一下，我想知道两种看法各占多少比例？"

孩子们踊跃表态。大约97%的同学主张我去上船，3%的同学建议我留下来。一直在台下坐着目不转睛听我讲课的语文老师，也高高举起手臂，加入到赞同我上船的那一方（我对这位老师的认真听课，深表感谢。要知道，人家是正规部队，我是杂牌军啊）。

下课了。我拿起板擦，预备擦掉我写下的“提醒幸福”几个字（顺便说一句，北川中学使用的粉笔质量不佳，易断，色泽不白。如果谁到北川中学去，记得带上一些质量较好的粉笔，这样后排的同学们看起黑板的时候，比较省些眼力）。直到这时，我才注意到在黑板的左侧，有一个用粉笔框起来的长方形框子。老师对我说，这块黑板，就是温总理为我们北川中学写下“多难兴邦”四个字的地方。

谢谢北川中学所给予我的深厚信任！谢谢初中二年级一班的同学们给我的难忘教诲！谢谢苦难让我更深地眷恋祖国和人民！

北川中学的临时校舍设在长虹集团的培训中心，大约20名学生住一间帐篷，孩子们的精神面貌不错，除了看书，就是玩游戏。我拍了一张孩子们玩弹球跳棋的照片。问他们最希望做的事，回答是上课。

开饭的时间到了，伙食比较丰富，有四五个荤素搭配的菜。孩子们拿着统一配给的不锈钢餐盘，排队打饭。长虹集团全都是免费供给。

感谢善举。

在为长虹集团员工所做的演讲中，我看到大家非常疲惫。

是啊，大震发生后的第一时间，长虹就组织抢险救援队，开赴北川。白天开足马力研发新产品，努力工作，多少个夜晚，他们从未安眠。

我说："长虹的兄弟姐妹们，咱们在开始之前，先闭上眼睛，放松身体，听我的引导，深深地吐出一口气……"

可大多数人都不听我指挥，他们抱歉地笑笑，依旧双目圆睁，警觉甚高。

我略一思索，明白他们实在无法放松自己的神经。这是一个人群高度麇集的场所，若是出现了危急情况，闭着眼睛，如何敏捷逃生？

我说："兄弟姐妹们，请放心。我会始终睁着眼睛。如果发生了余震，我会在第一时间唤醒大家。我向你们保证，我绝不会第一个跑出去，我一定让你们先走……"

大家会意地轻轻笑起来，安静地闭上了眼睛，放松了身体，减慢了呼吸。

我是个普通人，我害怕地震。但是，我站在讲台上，我就成了老师。我不会放下我的学生，我不能先跑。人活在世上，总有一些东西比一己的生命更重要。有些人不信，我信。

如果我不事先做准备，我也许无法控制我的本能。我想过了，我作出了决定，我就能指挥我的身体，我就能战胜本能。

和我相拥而泣的女孩叫姚瑶，她是长虹集团的职工。2008年

5月12日14时28分，万顷山石将她的双亲掩埋，从那一分钟起，她无时无刻不在呼唤亲爱的爸爸妈妈，但天上地下，永无回音。

我知道她面前还有漫长的道路要走，她将步步啼血，万千悲苦。唯一令人安慰的是——姚瑶能谈到自己有十个优点，其中第一个优点是——我很坚强。

国殇之后，唯有坚强。

我想把北川中学孩子们的话转送给姚瑶——翅膀上驮着天堂亲人的希望，你要高高飞翔。

2008年6月5日凌晨

摄影能否记录死亡

我对死亡感兴趣。原因小部分来自天性中的胆怯，大部分来自从事医学二十多年的经历。行医时光，几乎天天碰撞死亡，它是令人震撼又不可回避的老友。

在传统或先锋的摄影里，死亡都被可疑地忽视了。不知摄影师们有意还是无意冷落死亡，仿佛那是个微不足道的家伙，可以漠视它的存在。人的一生犹如长河——出生、童年、成长、结婚、生育、事业……所有码头事无巨细都一一被摄影机关照，唯有入海口的情形，那卷底片好像被锐物洞穿，遗下一个透明的窟窿。

有人会反驳，有那么多反映死亡的照片曝光于世啊。比如春节贴出的公告，印有携带烟花爆竹而炸裂的断肢残骸让人魂飞魄散。比如电视里播出的战乱、飓风、火山、水患和交通肇事图片，罹难人群的尸体在黑色塑胶罩下朦胧起伏，这不都是摄影记录下的新鲜死亡吗？

我要说的不是这种死亡。那是暴死、惨死、屈死、恶死，是飞来横祸，是死于非命……是变了形的丑化了的涂满骇人油彩的非正常死亡，是葱绿大树上的一段枯萎枝杈。正常的死亡犹如宏大典籍，上述死法只算蠹虫残章。如果一叶障目，认定这就是死亡的全貌，实是以偏赅全，暴殄天物。死亡如若有知，会对这种强加于它的定位，表示强烈的不安和抗议。

心目中的正常死亡，是水到渠成温柔淡定的熄灭，是生命自然而然的脱落与销声匿迹，是一种宽广宁静的平稳终结状态，是灵魂统领下的智慧超拔与勇气升华。

死亡是生命峰巅的凌空一跃，是个体最后的成长过程，是一个简明扼要的告别，是一曲袅袅余音的震荡。

我们像芦苇，一直成长到消失。死亡是生命繁育的最后阶段。生和死的宏观可预见性和微观的难以测量性，说明了死与生相比，更猛烈、强大与神秘。死亡虽然经常和鲜血与不洁粘连在一起，它的实质却是神圣朴素的。它响亮而明快地宣告，月亮下山了，黎明正在孕育。它是人类社会不倦的清道夫，新陈代谢不请自来的高超产婆。

死亡对于失去个体的亲人来说，自然悲恸欲绝。但摄影者站在整个人类的立场上，表现这一生命的主题，可以超越一己的樊篱。人们兴致勃勃地表现新生，表现婴儿稚嫩的肌肤和母亲宽慰的笑容，表现萌发的绿叶和解冻的冰河，为什么就不能更达观更美好地展示与这一切唇齿相依的死亡呢？

我们惧怕死亡。

那些必然要到来的事物，那些合理的事物，那些对全局有好处的事物，那些蕴涵着真理的事物，不应成为惧怕的理由。

我们是踏着先人骨殖堆积的原野，来到这个世界上的。据说，在每一个活着的今人背后，都挺立着40具以上的白骨。它们是自有人类以来，在这颗星球上生存并逝去的祖先。设想他们都健在，大地将多么拥挤，食物将多么匮乏，风将多么滞重，水将多么黏稠……所有生物都被挤成剪纸。感谢死亡，它如筛网，过滤优选了生灵的种子，以生机盎然的新锐代替了蹒跚钝化的老迈。对这种除旧布新的壮举，即使不为之欢呼雀跃，起码也不应无限悲哀地渲染恐怖吧？进化犹如潮汐，不可抗拒地为后代冲刷出立足和发展的辽阔海滩。从这个角度讲，死亡是天经地义含情脉脉的圣手，为什么不能庄严优美地展示它的合理性呢？

惧怕或许有心理遗传的基因。在科学不发达的古代，死亡是凄惨的重创，与瘟疫、灾患、血与火缠绕在一起，狰狞可怖。靠拢死亡之人，常常会给生存者带来灾变。于是各个民族的习俗与禁忌中，都躲避死亡。死亡与黑暗、丑陋、腐败形影不离，人一死，就成为异类，生前的种种善相都化为乌有，转瞬获得了可怕的魔法。

由于科技的进步和文明的发展，近几十年来人们越来越多地可以在平凡中享受正常死亡。死亡由于非正常死亡所强加在自己头顶的黑色面纱，正被一缕缕揭开，露出它庄重自在的真相。

也许单单无所畏惧，还不能准确地反映死亡，摄影师面临心灵的挑战。死，毕竟是一道铁幕，咫尺天涯，普通人难以穿越。我们周围，很难找到这样既司空见惯又讳莫如深的事件。我们既挚爱逝去的亲人，又痛彻心腑地抗拒对永诀的如实记录。既坚守在亲人身旁，又再也不愿回顾那一段岁月。死亡像一道盛大的晚餐，我们因无法事先品尝它的滋味而充满好奇，又本能地躲避烹制它的厨房，尽量推迟赴宴的时间。我们不懈地追求一生形象美好，又无师自通地恐惧身后丑陋无比……关于死亡，我们有那么多鱼龙混杂、针锋相对的想法，犹如黑白荆棘织就的毡毯，覆盖着战栗的灵魂。

只要不是死于烈性传染病、战伤和交通事故以及昏迷，即使是癌症病人，大致也可清醒地告别人间，经过临终关怀走向安详的永恒。在现代医学卓有成效的帮助下，疼痛可以稀释，恐惧能够淡化。医院的洁白和家的安宁，尤其是亲人的温馨，应是环绕正常死亡的基本色调。

渴望能有博爱地反映死亡的摄影作品，基调是生命的必然和人间的宽广包容。希望有淳厚的爱意弥漫在漫长人生的隐没处，犹如晨间的炊烟和山峦起伏的雾霭，清澈缥缈，如梦如水。

拍摄的难度大概很大吧？我完全不懂技术，盲人摸象。一想到能把死亡拍得优美，拍出融融的暖气，觉得神往又几乎以为是幻觉。摄影家聪慧卓越，大约总是有法子可想的。他们的手，既然能把枯萎的残荷、焦躁的沙漠、狰狞的古树、暴烈的野兽、古旧的村落、残破的废墟、淋漓的血汗、骇人的风暴……都点石成金，拍出饱满诗意，对人生终得一晤的——死亡，也一定能拍出好的创新吧。

看过弘一法师涅槃的照片，摄于1942年10月14日。法师一手抚于耳畔，恍若安睡。布履木床，犹如卧佛。我们不是高僧，辞世时无法人人这般从容，但法师之死展示的清宁境界，是一种我们可以追寻的完美终结。

想象中有这样一幅照片。一位须发皆白的长者，即将仙逝。他目光炯炯，正是阳气出离本体，驾鹤远行之机。他面容安详，因为已无愧无悔地度过坦荡一生。窗外月色凄迷，犹如一袭倚天长绢披挂寰宇，肃穆清凉。所有的医疗器械都已在背景中虚化，因为人的力量不可抗拒自然的法则。老人嘴角有隐约的笑意，去往天国的路并不生疏，有先行的伴侣度他飞升……

如此想看到关于正常死亡的优美摄影作品，不知是否偏题？怪题？难题？祥和安宁的死亡，化腐朽为安宁，是对死者的殷殷远送，是对生者的款款慰藉，是对生命的大悲悯，是对造化的大敬重。

期望着。

写下你的墓志铭

那一年，我和朋友应邀到某大学演讲。关于题目，校方让我们自选，只要和青年的心理有关即可。朋友说，她想和学生们谈谈性与爱。这当然是一个极为重要的问题，只是公然把“性”这个词，放进演讲的大红横幅中，不知校方可会应允？变通之法是将题目定为“和大学生谈情与爱”，如求诙谐幽默，也可索性就叫“和大学生谈情说爱”。思索之后，觉得科学的“性”，应属光明正大范畴，正如我们的老祖宗说过的“食色性也”，是人的正常需求和青年必然遭遇之事，不必遮遮掩掩。把它压抑起来，逼到晦暗和污秽之中，反倒滋生蛆虫。于是，朋友把演讲题目定为“和大学生谈性与爱”。这其间我们也有过小小的讨论，是“性”字在前，还是“爱”字在前？商量的结果是“性”字在前。不是哗众取宠，觉得这样更符合人的进化本质。

感谢学校给予我们的信任和支持，朋友的演讲题目顺利通过了。但紧接着就是我的题目怎样与之匹配？我打趣说，既然你谈了性与爱，我就成龙配套，谈谈生与死吧。半开玩笑，不想大家听了都说“OK”，就这样定了下来。

我就有些傻了眼。不知道当今的年轻人对“死亡”这个遥远的话题是否感兴趣？通常人们想到青年，都是和鲜花绿草、黑发红颜联系在一起，与衰败颓弱、委顿凄凉的老死似乎毫不相干。把这两极牵扯一处，除了冒险之外，我也对自己的能力深表怀疑。

死是一个哲学命题，有人戏说整个哲学体系，就是建立在死亡的白骨之上。我深知自己不是一个哲学家，思索死亡，主要和个人惧怕死亡有关，在我四五岁时，一次突然看到路上有人抬着棺材在走。我问大人，这个盒子里装着什么？人家答道，装了一个死人。当时我无法理解死亡，只觉得棺材很小，一个人躺在里面，蜷起身子像个蚕蛹，肯定憋得受不了……于是小小的我，产生了对死亡的惊奇和混乱。这种惊奇混乱使我在相当一段时间内对死亡很感兴趣。我个人有着数十年从医经历，在和平年代，医生是一个和死亡有着最亲密接触的职业。无数次陪伴他人经历死亡，我不能不对这种重大变故无动于衷。还有很重要的一点，就是我十几岁就到了西藏，那里严酷的自然环境和孤寂的旷野冰川，让我像个原始人似的，思索着“人从哪里来，要到哪里去”这类看似渺茫的问题。

反正由于我脱口而出的一句话，演讲题目就这样定了下来，无法反悔。我只有开始准备资料。

正式演讲的时候，我心中忐忑不安。会场设在大礼堂，两千多座位满满当当，过道和讲台上都有学生席地而坐。题目沉重，我特别设计了一些互动的游戏，让大家都参与其中。

演讲一开始，我做了一个民意测验。我说：“大家对‘死亡’这个题目是不是有兴趣，我心里没底。我不知道有多少人在看到这个题目之前，思索过死亡？”

此语一出，全场寂静。然后，一只只臂膀举了起来，那一瞬，我诧异和讶然。我站在台上，可以纵观全局，我看到几乎一半以上的青年人举起了手。我明白了有很多人曾经认真地想过这个问题，比我以前估计的比率要高很多。后来，我还让大家做了一个活动——书写自己的墓志铭。有几分钟的时间，整个会堂安静极了，谁要是那一刻从外面走过，会以为这是一间空室，其实数千莘莘学子正殚精竭虑地思考人生。从讲台俯瞰下去（我其实很不喜欢这种高高在上的讲台，给人以压迫之感。我喜欢平等的交谈。不但在态度上，而且在地理位置上，大家也可平视。但校方说没有更合用的场地了），很多人咬着笔杆，满脸沧桑的样子。我很抱歉地想到，这个不详的题目，让风华正茂的青年人提前——老了。

大约五分钟之后，台下的脸庞如同葵花般仰了起来。我问：“写完了吗？”

齐声回答：“写完了。”

我说：“好，不知有没有哪位同学，愿意走上台来，面对着老师和同学，念出自己的墓志铭？”

出现了一片海浪中的红树林。我点了几位同学，请他们依次上来。但更多的臂膀还在不屈地高举着，我只好说：“这样吧，愿意上台的同学就自动地在一旁排好队。前边的同学讲完之后，你就上来念。先自我介绍一下，是哪个系哪个年级的，然后朗诵墓志铭。”

那一天，大约有几十名同学念出了他们的墓志铭，后来，因为想上台的同学太多，校方不得不出动老师进行拦阻。

这次讲演，对我的教育很大。人们常常以为，死亡是老年人才需要考虑的问题，这是误区。人生就是一个向着死亡的存在，在我们赞美生命的美丽青春的活力的时候，我们其实就是肯定了死亡的必然和老迈的合理性。试想一下，如果没有死亡，地球上早就被恐龙霸占着，连猴子都不知在哪里哭泣，更遑论人类的繁衍！

从我们每个人一出生，生命之钟的倒计时就开始了。当我写下这些字迹的时候，我就比刚才写下题目的时刻，距离自己的死亡更近了一点。面对着我们生命有一个大限存在这样一个残酷的事实，无论是年老和年轻，都要直面它的苛求。

现代生活节奏越来越快，我们独处的空间越来越逼仄，思索的时间越来越压缩。但死亡并不因为我们的忙碌而懈怠，它步履坚定、持之以恒地向我们走来。现代医学把死亡用白色的帏帐包裹起来，让我们不得而知它的细节，但死亡顽强前进，它是无所不能的，没有任何力量能够抗拒它。

一个人年轻的时候就思索死亡，和他老了才思索死亡，甚至死到临头都不曾思索过死亡，这是完全不同的境界。知道有一个结尾在等待着我们，对生命的宝贵，对光明的求索，对人间温情的珍爱，对丑恶的扬弃和鞭挞，对虚伪的憎恶和鄙夷，都要坚定很多。

那天在礼堂的讲台上，有一段时间，我这个主讲人几乎完全被遗忘了，一个又一个年轻的生命为自己设计的墓志铭，将所有的心震撼。

有一个很腼腆的男孩子说，在他的墓志铭上将刻下——这里长眠着一位中国籍的诺贝尔奖获得者。

台下响起了热烈的掌声。我想，不管他一生是否能够真正得到这个奖章，但他的决心和期望，已经足够赢得这些掌声。

一个清秀的女孩子说："我的墓志铭上将只有一行字：一个幸福的女人。"

还有一个男生说："我的墓志铭上会写着——我笑过，我爱过，我活过……"

这些年轻的生命，因为思索死亡而带给了自己和更多人力量。

无数生命的演变，才有了我们的个体。在这一点上，我们不但要感谢我们的父母，而且要感谢我们的祖先，感谢地球，感谢进化所走过的漫漫历程。当我们有了生命之后，我们在性的基础之上，繁衍出了爱。爱情是独属于人类的精神瑰宝，它已从单纯的生殖目的，变成了两性身心融汇的最高境地。然而在这一切之上，横亘着死亡。死亡击打着生命，催促着生命，使我们必须审视生命的意义。

后来，我还在一些场合做过相关的演说。我在这里抄录一些年轻人留下的墓志铭，他们让我进一步认识到了讨论死亡对于一个健康心理的建设，是多么重要。

这里安息着一个女子，她了结了她人生的愿望，去了另外的世界，但在这里永生。她的一生是幸福的一生、快乐的一生，也是贡献的一生、无憾的一生。虽然她长眠在这里，但她永远活着，看着活着的人们的眼睛。

高尚是高尚者的通行证。

我不是一颗流星。

生是死的开端，死是生的延续。如果我50岁后死去，我会忠孝两全。为祖国尽忠，为父母尽孝。如果我5年后死去，我将会为理想而奋斗。如果我5个月后死去，我将以最无私的爱善待我的亲人和朋友。如果我5天后死去，我将回顾我酸甜苦辣的人生。如果我5分钟后死去，我将以最美的微笑送给我身边的朋友。如果我5秒钟后死去，我将向周围所有的人祝福。

怎么样？很棒，是不是？

按照哲学家们的看法，死亡的发现，是个体意识走向成熟的必然阶段。一个人的心理健康，更是和他的生命观念死亡观念息息相关。你不能设想一个对自己没有长远规划的人，会有坚定健全慈爱的心理。如果说在以上有关死亡的讨论中，我对此还有什么遗憾，就是年轻人普遍把自己的生命时间定得比较短。常有人说，我可不喜欢自己活太大的年纪，到了40、50岁就差不多了。包括现在有些很有成就的业界精英，撰文说自己35岁就退休，然后玩乐。因为太疲累，说说气话，是可以理解的。但认真地策划自己的一生，还是要把生命的时间定得更长远一些，活得更从容，面对死亡的限制，把自己的一生渲染得瑰丽多彩。

绝望之后的曙光

我们五个女兵于1969年4月被分配到西藏阿里军分区，分区是1968年成立的，所以说我们是阿里军分区的第一批女兵。我是1952年10月出生的，当时是16岁半。

过“五一”了，说有一辆大轿子车和一辆大解放车结伴上山，让我们5月2日9点到大门口集合。当我们按照预定时间准备上车的时候，才发现探家回来的干部战士早就上了车，黑压压地把大轿子车的位子都坐满了。那时候的军人多半来自乡下，没有照顾女士的概念，况且他们原也不知道会有女兵上山，就满车寂然一言不发地盯着我们看。我是班长，看看车子最后一排还能挤进两个人，就叹了一口气说，三个人上解放车大厢板，两个人留在这辆车上。等明天咱们再内部调换一下，自己把苦乐匀匀吧。

从喀什上到狮泉河，那时要走六天。六天当中，没有哪位男性军人愿意把他们的座位让给这些年轻的女孩子，我们就自己互相帮助。道路极其颠簸，在一次最剧烈的晃动中，一个女兵的头把大轿子车的天花板顶碎了一个洞。那个女兵姓孙，疼得抽噎起来，满车的男军人们一阵哄笑，说："你是孙猴子，有一个铁打铜铸的脑壳，把车都毁了。"

六天的路程，山高水远。我坐在解放车的大厢板上，穿着大头鞋，裹着皮大衣，蜷缩成一团。从车篷布的缝隙中看着阿卡子大坂和界山大坂上纷飞着的鹅毛大雪，听着缠有防滑链的车轮在雪地和碎石上碾过的细碎声响，觉得以前在北京温暖家中读书的日子，是一个梦。六天中，没有任何阿里的男性军人们给过我们以丝毫关照。当我们终于在第六天夕阳西下的时候，到达狮泉河镇，迎接我们的阿里军分区卫生科的领导又表现得匪夷所思。他们围着我们五个人转了好几圈，然后面面相觑、毫无表情地走了。

五个女兵站在荒凉的戈壁上，完全不得要领。我至今仍要感谢大脑缺氧和严重的高山反应带来的木讷和迟钝，让我们在这段不知道有多久的时间内，没有哭，没有叹息，也没有思索，一言不发。在这段思维空白的时间里，我看着远处的夕阳像一张金红色的巨饼，无声无息地缓缓降入峰峦之口，大地变得一片苍茫。

等卫生科的领导再次出现的时候，就很热情了，连连说着“欢迎你们”，接过了我们的背包和脸盆。

科长后来解释他们的做法：曾经收到过南疆军区的电文，说是给卫生科派去了五名卫生员，但并没有说明是女子。在我们之前，阿里军分区从来没有女兵，所以他们头脑中也没这根弦。接站时刻，突然发现来者是女孩子，遂大吃一惊、措手不及。他们原本是把我们分散安排在各个男兵宿舍，一见之下情知不妥，赶紧回去倒腾房子。

我们五个都是1969年的兵，2月入伍，在新兵连集训了两个月，学的都是齐步走投弹射击什么的，其余的时间就是种菜送粪，并没有经过任何医学训练。到了卫生科，马上安排我们到病房工作，连最基本的肌肉神经在哪里都不知道，就让我们开始上班了。

那时病房有12张病床，经常住得满满的，还要加床。记得第一天打针，老卫生员告诉我，你在病人的半边屁股上画一个“十”字，然后在“十”字外四分之一处把针戳进去就行了。千万不要打到靠内侧啊，那样伤了神经，会把人打瘫的。

这番话他跟我说过好几遍了，可我还是下不了手。老卫生员说：“这又不是扎你自己，有什么可怕的，一狠心一咬牙就攮进去了。”

我说：“这跟学木匠可不一样，人都是肉长的。”

老卫生员说：“人肉可比木板软多了。”

不管他怎么说，我还是没法上阵。老卫生员一副“恨铁不成钢”的模样，答应我先在棉被上练习一下。我表示可以“一不怕苦二不怕死”在自己身上练习，但肌肉注射这个事，只能在别人身上练习，自己就不太好操作了。过了好几天，当我在棉被上扎得基本熟练之后，才推着治疗车进入病房。我的第一针是给一个叫“黄金”的战士注射青霉素。老卫生员说得不错，人的肌肉比木板好扎多了，比棉被也要容易进针。扎完之后，黄金一股劲地感谢我，说一点都不疼。我自己知道这是为什么。因为用的劲过大，针头全部飞快地刺进肌肉，所以几乎不疼。缺点是这样进针十分鲁莽，如果针断在皮肉中，取出来就很困难。算这位黄金战友命大，既不感觉到疼，也没有碰上断针这样的倒霉事，过了一关。

1970年底，要开始野营拉练了。我们都纷纷写决心书，报名参加拉练，要求到火线上去锻炼。繁忙的准备工作开始了，主要是给自己做一口锅，以便独立野炊的时候能吃得上饭。具体方法是先用锉刀把罐头盒锉开，这样才能最大限度地保存罐头盒盖子的完整，在做饭的时候少跑一点气。然后在罐头盒盖子（现在已经变成锅盖子了）上凿个小洞，在罐头盒锅体上也穿个小洞，两洞合一，用铁丝拧紧，简易小锅大功告成。

出发的前一天，我们把拉练需要携带的物品——比如枪支弹药、红十字包、干粮袋、帐篷雨衣、被褥行李等，都背在身上，跳上磅秤一量，将近200斤。那时我们的基本体重（穿上棉袄棉裤绒衣绒裤大头鞋，带上皮帽子）大约是120斤，也就是说，负重在70斤以上。

出发了。

餐风宿露，跋山涉水。1971年1月，数九寒天，阿里高原最寒冷的日子。日日急行军，给我留下最深印象的是从葛尔昆沙到班卡的一段路。设定的行军路线图要翻越无人区，路上完全没有水，所以要每人背上一块冰。也没有柴草，要背上牛粪。当天赶不到班卡就没有地方宿营，必须要走120华里山路。大约是凌晨3点钟，队伍起程了。

120里路，在海拔5000米以上的高山之巅，就是巨大的挑战了。上午还好，虽然气喘吁吁，总算不掉队地走了下来。中午吃饭的时间到了，要求各自起火。我们先是把背上的冰取下来，砸成小块，放到罐头盒的小锅里，然后再找到几块小石头，把罐头盒垫起来，算作灶台。再把牛粪干塞到石头的缝隙里，点火开始做饭。等到水开了，把干粮袋里的生米下锅，米熟了，就可以开饭了。

这个过程说起来简单，其实不易。单是在大风中划着火柴，就要费半天的功夫。火柴梗丢了一地，还是无法引燃，我向战友借打火机。他说："这里海拔太高了，打火机也很难打着，我的打火机有个外号，叫做'半个世纪'。"

他以为我一定会好奇地问打火机为什么要叫"半个世纪"，可我又累又饿，根本没心情说话。他只好自己说下去："因为要连续打五十几下，才能冒出火苗。"我好不容易把牛粪火点燃，瞬即又被大风吹熄，只得重点。几番折腾之后，冰融化成了点点滴滴的水，发出嗞嗞啦啦的响动。我赶快抓起一把生米下锅，罐头盒内又无声无息了。千呼万唤好不容易才把米泡开，我尝了一下基本上可以吃了，却不料一不小心，支撑罐头盒的石头晃了一下，整个盒子倒扣下来，湮灭了牛粪火，所有的米粒也都洒在外头，白花花一地，马上冻结在石头上，没法吃了。

欲哭无泪。因为各自起火做饭，罐头盒就那么一点大，别人的饭食也很有限，我不能求助。正在想着是不是重新煮米，出发的号声响了。

一座险峻的高山横在路上。到了傍晚的时候，只爬到半山，饥寒交迫，我只觉得自己再也坚持不下来了。心跳得好像要从嗓子里喷出来，喉头咸腥，一张嘴仿佛会血溅大地。背上交叉的皮带，一条属于手枪，一条属于红十字包，如同两条绞索，深深地嵌进了肩骨。两腿沉重如铅，眼珠被耀眼冰雪刺得发盲，不停地流泪……我问自己，人这样活着还有什么意义？我身上的所有感官，感受到的都是痛苦与折磨，这样的生命，我再也不想拥有了。我要结束生命，从此长眠，埋骨雪山。

我认真地开始寻找致死的机会。我想，第一要像失足落下悬崖，这样就算因公牺牲，我就会被追认为烈士，对家里人也就有个交代了。第二是不摔则已，要摔必死。因为如果不死，只是断了胳膊折了腿，还得劳烦战友们下到谷底抬着我走。艰苦行程中，人人自身难保，再负重行军，我就成了罪人。第三，必须摔得粉身碎骨，让人从高处一看就知道根本找不到我的尸骨。放弃寻找，给大家方便。

这三条想好之后，我已抱定了必死的决心，只剩下具体实施了。我原来以为死是比较容易的事情，其实真要寻死，也并不简单。第一次，我看好了一个地方，就要放开攀岩的手的时候，突然发现底下的石头不够尖锐，摔而不死就糟糕了。第二次选中的地方，又觉得那里的积雪太厚了，也难以一摔致命。第三次，怪石嶙峋积雪菲薄，摔下去必死无疑，但因为是在队列中行进，我后面的那个人亦步亦趋跟得太紧，如果我一失手坠落，背上凸起的背包在堕下的过程中挂上他，他在毫无准备的情况下，很可能被我牵连着一同摔下去……

我不能伤了战友的生命。机会稍纵即逝，我眼睁睁地看着那块最佳的自杀之地离我远去。天不可阻挡地黑下去了，天黑之后，自杀就变得更为困难。主要是看不清地形，如果摔不死，就会被活活冻死，那太可怕了。我不怕死，可我害怕慢慢地煎熬。

寻死不得，就只有像架机器似的向前向前……队伍中是不能容忍停滞不前的。完全没有了思想，没有了方向，只有挺进。周围是一片黑暗，我从来没有见过那样黏腻厚重的黑暗，头脑中也是一片黑暗，如同最深的海底，渺无希望。

大约到了凌晨3点的时候，我们终于抵达了班卡哨所。我们不停顿地行走了24个小时，气温是零下38度。

那天晚上（正确地讲应该说是黎明），我以为自己会蒙头大睡，不想脑筋却冰雪一样清冷。我想，人在最艰苦的时候，常常会产生绝望，以为自己就此倒下，一了百了。但只要不懈地坚持，其实也没有什么了不起的，曙光会重新出现。

1980年我转业回北京。受理户口的民警登记时问我："你一入伍就分到西藏阿里军分区，一直到转业，都是在这个单位工作吗？"我说："是。我当兵11年，只在一个单位工作过，那就是西藏阿里军分区。"

生病也是生活

《学会看病》这篇小文，讲的是我和儿子的一个生活片段，几乎完全是原始风貌，我不过是按照时间的顺序直接记录下来。多年来，我在创作中基本遵循着一个原则：小说可以虚构，但散文几乎都是真事。二者在我这里的区别，大致相当于艺术摄影和纪实的老照片。我们之所以今天还对那些遥远年代的泛着橙黄色的卷边照片，双眸聚焦心存暖意——因为它们曾经的真实。

这篇小文选给五年级的孩子们看，真是十分合适。事情发生的年代，我儿子正巧也是这个年龄段，同学们读起来，也许会有几分亲切感。这些年来，我碰到过若干位家长，跟我说他们喜欢这篇文章，有几位干脆说他们曾模仿这篇文章描写的步骤，让病中的孩子独自去看病。

人是会病的，孩子也不能幸免。生病是生活的一部分，父母不能包办一切。我一直秉承这一思路，来处理自己和孩子的关系。

父母爱孩子，是天性和本能。如何教育孩子，需要学习和实践，本能管不了那么多。孩子一天天长大，能做的事情、能思考的问题逐日增加，越来越多。一切都是在潜移默化中发生，并没有什么人正儿八经地向我们宣告骤变从哪一个时刻开始。爸爸妈妈这个职务，是世界上最难胜任的角色之一，充满了艺术性和不确定性。

我是医生出身，始终觉得生病不要大惊小怪，不过是生活的颤音，只有按部就班欣然接受，从容面对。看过一个纪录片，说的是狮子如何教后代捕获猎物，妈妈非常认真和周到，甚至不惜向小狮子发脾气，撕咬它们，以求让孩子们习得正确的捕猎方法……我很感动，心想一个动物尚且如此言传身教，作为人类的母亲，爱孩子，要有目的有步骤地训练孩子奔跑和翱翔的能力。

有一位女性告诉我，儿子上大学在武汉，某天早上起来不舒服，请了假躺在床上。到了中午，觉得身上发冷，可能是发烧了。同学们到校外参观，也没人回来。男生很害怕，就给他远在北京的妈妈打电话，说："我快要死了，你救救我。"妈妈说：

“你赶快到医院去看病啊。”他说：“我不会看病。”妈妈百般无奈之下，给当地一个朋友打电话，求他放下自己的工作，到××大学宿舍楼，带自己的孩子去看病。那个朋友就打了车，跨过长江到了大学区，好容易才找到男孩，把他送到医院，最后诊断是重感冒。这位妈妈对我说：“我要是早点看到你的这篇文章就好了，也不必让人家跨过长江去救我的孩子。”

我的这篇小文是从一个妈妈的眼光和心情来写的，不知道孩子们能不能体会到母亲的百感交集——那种既想让孩子锻炼成长，又怕孩子遭受磨难的复杂心理。结尾部分“聊胜于无”一句，可能稍微有点绕。我的本意是：无论一个妈妈对自己的孩子倾注了多少心血，每个人的路还是要自己走。当长辈的只能为孩子们提供一张大致的路线图，可能和现实生活还有很大的距离。归根结底，路是要自己走的。

我有一个小小的建议。给同学们布置一个作业：到医院去一趟，搞清楚看病的程序。或者描写一件发生在医院的事情。这对拓展孩子们的视野，也许有帮助。

假如我得了非典

北京的春天今年没有沙尘，没有沙尘的空气里，弥漫着一个陌生的名词——非典。非典病毒是微小的，人的体积比它庞大亿万倍。一只病毒的分量较之一个人的体重，像是一滴水向整个太平洋宣战。然而，这滴邪恶而沸腾的水，在春天的早晨燃起恐怖的荒火。

假如我明天得了非典，我该如何？实在不愿这样设想，生怕轻声的诵念也会把那魔鬼引入家门。我逼迫自己认真筹划，既然有那么多人已悄然倒下，既然我不想在懵懂无备中浸入灾难。

假如我得了非典，我不会怨天尤人。人是一种生物，病毒也是一种生物。根据科学家考证，这一古老种系在地球上至少已经滋生了20亿年，而人类满打满算也只有区区百万年史。如果病毒国度有一位新闻发言人，我猜它会理直气壮地说，世界原本就是我们的辖地，人类不过是刚刚诞生的小弟。你们侵占了我们的地盘，比如热带雨林；你们围剿了我们的伙伴，比如天花和麻疹。想想看，大哥岂能束手待毙？你们大规模地改变了地球的生态，我们当然要反扑。你们破坏了物种之链，我们当然要报复。这次的非典和以前的艾滋病毒，都还只是我们派出的先头部队牛刀小试。等着吧，战斗未有穷期……人类和病毒的博弈，永无止息。如果我在这厮杀中被击中，那不是个人的过失，而是人类面临大困境的小证据。

假如我得了非典，我会遵从隔离的法律。尽管我一直坚定地主张人应该在亲人的环抱中离世，让死亡回归家庭，但面对大疫，为了我所挚爱的亲人，为了我的邻里和社区，我会独自登上呼啸的救护车，一如海员挥手离开港湾，驶向雾气笼罩的深洋。

假如我得了非典，既使在高烧中，既使在呼吸窘迫中，面对防疫人员，我也会驱动疲惫的大脑殚精竭虑，回顾我最近所走过的所有场所，把和我面谈过的朋友名单一一报出，祈请他们保持高度警惕。原谅我，这是此时此地我能向他们表达歉意和关爱的唯一方式。

假如我得了非典，我会接纳自己最初的恐惧。这毕竟是一种崭新的病毒变种，人类对它所知甚少，至今还没有特效的药物，战胜它的曙光还在阴霾中栖息。那个戴着荆棘冠冕的小家伙，凶残而强韧。但是，我不会长久沉溺于孤独的恐惧，因为它不是健康的朋友，而是衰朽的帮凶。我珍爱我的生命，当它遭遇重大威胁之时，我必将集结起每一分活力，阻击森冷的风暴。无数专家告诫，在病毒的大举攻伐中，机体的免疫力是我们赤胆忠心的卫士，只有平稳坚强必胜的心理，才能让身体处于最良好的抗击姿态，才是战胜病毒的不二法门。我不会唉声叹息，那是鼓敌方士气灭自己威风的蠢举。我不会噤若寒蝉，既然此病有九成人员可以逃脱魔爪，我激励自己相信概率。

如果我的病情不断恶化，到了需要气管切开的时候，我衷心希望医护人员做好防护，千万不要为了争取那一分钟半分钟的时间而仓促操作，威胁自身安危。致命的感染常常在这时发生。如果因此推延了抢救，我无怨无悔。医生护士的身上承载着更多重托，他们的生命不仅仅属于自己，我即使逝去，也会为最终没有带累更多的人而略感宽慰。

假如我得了非典，将携书同行。一些名著百读不厌，一些忙碌中买下的册子至今未翻。我已将它们归拢到书架某层，像一小队待发的士兵。如果我赶赴医院，这些刀枪不入的朋友，将一道踏入病房。一本女法医的探案集，只看了多半，特地留下悬念，预备着万一昏迷了也会念念不忘。为了得知谁是真凶，我一定要坚持醒来。

假如我得了非典，离家时千万要带上手机和充电器。估摸病房里不一定有电话，病重气短时也走不到公共通话间。我平日不喜欢这如同蟋蟀一样无所不在的器具，自此却刮目相看。我会不断向亲朋报告讯息，直到我康复的那一天。如果我已无法回答，请相信我依然在用心灵祈祷大地平安。

假如我得了非典，我会积极配合医生护士的治疗，我知道他们已太累太乏。我努力做一个出色的病人，不论我活着还是我死去。

终于要说到死了。既然想到过一切，自然也想到了死。死于一场瘟疫，实在始料不及。但人生没有固定的脚本，大自然导演着多种可能性，以人必有一死的不变法则来看，这黑色幽默也不算太唐突。如果能对传染病学有所裨益，我同意解剖尸体。如果作为芸芸死者，没什么特殊价值，请留我完整化烟。缘于耿耿于怀的仇隙——凭什么我死了，那个肆虐的杀手还在实验室里养尊处优地繁衍？与之共焚，也算雪恨。

假如我得了非典，我会在踏入救护车的那一瞬，尽我最大的努力，操纵我凄迷的双眼和抽搐的嘴角，化作粲然的回眸一笑，向我的家人和小屋致谢，感激他们所给予我无尽的快愉和暖意。我必定还会回到这里，无论是在阳光下还是在睡梦中，无论是我康宁的身体还是我飞翔的灵魂。

假如我是毒王

非典流行，世界卫生组织的官员承认："对这种病毒我们知之甚少。"但有个术语，估计从权威专家到平头百姓都谨记在心，那就是——"毒王"。

毒王的意思就是某些患者的传染性特别强，比如一位26岁的香港男子，直接感染了112人，其中69名是护理过他的医务人员。内地更有传说某毒王感染了180人。这顶毒涎编织的桂冠，台湾也有……不知将来创下最高纪录的"王中王"由哪厢人士胜出。

在电视里听过某女毒王的声音，碎碎的，惴惴的，气虚，更兼心虚。她说出院后才知自己成了毒王，有若干人因她而往生。她很内疚，只有待身体全面恢复后做义工来报答社会。

非典的病死率并不是很高。和冷血的享有90%以上病死率的埃博拉病毒相比，是小巫见大巫。纵是有红霉素做特效药的军团菌感染，病死率也在5%~20%间浮动。几害相较，非典还算手软。

然而我们无法安心，因为有毒王。毒王嗜血成性，有一副撑竿跳的好身手，从甲躯体到乙躯体，蜻蜓点水就输出了死亡。

假如没有现代科技，没有医务人员的拼死救助，没有气管切开，没有呼吸机，毒王们早就驾鹤西行了。一部微生物史告诉我们，如果某个毒株的毒力太过凶猛，须臾之间便取了宿主性命，等于疯癫地撕了自己的餐票，只能和猎物同归于尽了。

假如我得了非典不幸又成了毒王，我将如何？

大自然是公平的。狡猾从容的毒株，比如乙肝，似阴险的绅士，循序渐进地危害着宿主。中招的叶子并不立时凋落，毛毛虫才可缓缓受用。如果毒性太强，烈到见血封喉，便也只剩一剑的威风。大树倒了，再凶顽的猢狲也只得散了。

那么，如果没有最后的抢救，我这个画着骷髅头的毒罐子，就会在窒息中死亡。对我个人来说，自然是无与伦比的大悲剧，但对广大健康的人群来说，却未必不是好事。倘做气管切开插入呼吸机，刀锋旋下，皮肉崩裂的那一瞬，蓄势已久的毒液，必会飚射而出。那扩散和污染的威力，恰如轰爆的生化武器。

于是，之后，你会听到太多的护士和医生感染的例子，甚至在严密的防护之下，仅仅由于眼球结膜在我吁出的空气中眨动，也能把他或她漆黑的双眸漂白。

如果我是毒王，请不要过度抢救。不是我大义凛然舍身饲虎，而是搏斗的代价太过悬殊。我固然痛惜一己死生，我也同样珍爱他人的性命。非典时期非常办法，重疫之下无戏言。山火熊熊定要尽力扑救，如若狂风漫卷，就只能在远处挖深壕防范，而不可在红舌中群舞。既然现代科技尚未研发出剿杀超强毒株的药物，就让我遵循大自然的严厉法则——凶残的肇事者理应和它的宿主同生同灭，不适当的溺救就是放虎归山。医生，你不要太柔情。医学，你不要太浅视。倘手无利器，切不要鲁莽撕去所罗门王的封印，放妖怪逸出魔瓶。春瘟横扫，僵硬地拘泥于一城一地的得失，那就是对全局的反叛和对职责的误读。

如果抢救了，如果成功了，在各方付出巨大代价之后，保全了我的性命，我希望世人与我同喜同庆。我何德何能享此殊荣？只因胸膛中吸附了太多同类的牺牲，每一滴血都不再独属于我。犹如软弱的石墨经历高压，在聚变中镶嵌了众人的光芒，已璀璨为极品的钻石。这躯壳脱出了我的私有，盛满了感激和义务。我会尽可能多地捐出血清，以助更多人走出绝境。我会不断地接受各种检查，为疾病的研究提供第一手资料。我会无怨无悔地在观察中度日，这是幸存者的责任。

可是，我能感受到从角落中刺出的冰冷目光，好像我恩将仇报是个连环杀手。我甚至都无法祈求原谅，因为有资格谴责我的人多已无声。这不是我的过失，而是非典病毒假我之手布下的滔天罪行。我被它改造成了“人体盾牌”，我是它第一个受害者，也是它的终结者。我见证了它的猖獗和流传，也见证了它的退败和消亡。人们啊，有那么多科技成果在我身上流淌，请格外珍惜我的每一分反应。如果你轻慢我，你就轻慢了一架精敏仪器的回声。有那么多鲜活生灵曾被我溶解，请格外尊重我的每一种感受。如果你漠视我，你就漠视了那些英勇卓绝的付出。

人们啊，毒王是瘟疫的舍利子，你可要慎重！

是否要预知今生的苦难

那天晚上，比尔请客。

比尔是外交部的官员，负责接待安排我们在纽约的活动。比尔衣着朴素，脸上永远是温和厚道的笑容。当我们从纽约火车站出来的时候，看到的就是这种笑容。他帮我们推着沉重的行囊，在人群中穿行。当他护送我们到哈林区的贫民学校访问的时候，脸上也是这样的笑容。当我要离开纽约，担心一大堆资料无法带走的时候，又是比尔温暖的笑容帮我解决了难题，他答应为我将资料海运回中国。我要给比尔运费，比尔显出很不好意思的神情。我给了他20美元之后，他说什么也不肯再要了。

比尔请我们在一个中餐馆用饭。比尔说这是纽约最好的中餐馆之一。

我对请一个出访在外的游客吃故国饭食这事，一直持不同意见。比如一个日本人到中国访问，才从东京飞出来两个小时，到北京落地之后，被人请到一家日本料理，吃一顿风味走了样的日本饭，他的感觉必不会太好。同理，我在国外出访，最怕的就是吃那种改良后的中餐。无论色香味都发生了变异，还不如吃根本就与我们不是同宗同族的西餐，因为有了准备，舌头和肚肠的宽容度反倒大些。中餐就吓人了，上来一个鱼香肉丝，当你做好了将尝到熟悉的川味的准备时，一个冷不防，居然袭来奶油的甜香，所受的惊吓足以让你怀疑自己的神经。

比尔在中餐桌上是有发言权的，因为比尔的妻子是一位香港女性。这的确是我在美国吃的最好的中餐之一。席间，聊到一个有趣的话题：人是否需要预先知道今生的苦难？

同桌的一位朋友说，他认为如果有可能，他愿意预知一生的苦难。理由是，凡事预则立，不预则废。知道了，有什么坏处呢？没有。并不会因为你的预知，就让你的灾难变得更多或者减少，那么，你多知道一点，就对自己的人生多了一份把握，该是好事。

闷头吃饭的比尔，突然大叫了一声：“NO！”

这是我唯一的一次，在比尔的脸上看到的不是笑容，而是愤怒和凄楚。

当然，比尔的愤怒不是针对那位朋友，比尔放下了筷子，对我们说：

“很多年前，我和我的妻子，在香港抽签请人算命。那人是一个和尚，他看了我妻子的签说，你会早死。看了我的签说，你会老死。

“你们知道‘早死’和‘老死’的区别吗？自从听了那和尚的话，我的妻子就对我说，‘比尔，我会比你先死。因为我是早早死去，而你是老死，你要活很大的年纪’。我说，‘你不要相信这话，那个人是胡说。我会和你白头偕老，如果有个人一定要先死去，那就是我，因为你比我年轻’。但是前不久，我的妻子生了喉癌。那是因为她年幼的时候，家中很穷困，没有菜，就吃咸鱼。咸鱼很小，有很多刺，鱼刺刺伤了她的喉咙。久而久之，就生成了癌症。妻子走了，留下我，等着我的‘老死’。”

比尔说得非常伤感。朋友们缄默了许久，寄托对比尔妻子的深切悼念。我听出了比尔话后面的话。很多年来，关于“早死”和“老死”的谶语，就盘旋在他们的头顶。他们本能地畏惧这朵乌云，乌云尖厉的牙齿，咬破了他们最快乐的时光。每当幸福莅临的时刻，惴惴不安也如约袭来。因为他们太珍惜幸福，就越发迅疾地想到了那不祥的预言。如果他们不知道那命运的安排，如果当年没有那老和尚的多此一举，比尔和他妻子的美好时光，也许会更纯粹更光明。

我不知道我想的是否符合实际，我也不敢向比尔求证。我把此事写到这里，是想再次问自己也问他人：我们是否需要预知今生的苦难？

大多数人是取席间的那位朋友的观点，还是像比尔一样说“NO”？

我站在比尔一边。不单是从技术层面上讲，我们无法预知今生的苦难，我们也无法预知今生的幸福。就是有人愿意告诉我，把我一生的苦难，用了不同的簿子，将它们分门别类地列出，苦难用黑墨水，幸福用红墨水，一一书写量化。或者是轻声细语地娓娓道来，苦难用叹息，幸福用轻轻的笑声。想来，我也会在这种簿子面前闭上眼睛，在这种命运的告诫面前，堵起自己的耳朵。生命是我自己的东西，甚至可以说是我仅有的东西，我不希望别人来说三道四。我注重的是过程，在这个过程中，我感到自己的价值。我们可以预知的只是自己应对苦难和幸福的态度。此时此地，这是我们能掌握的唯一。知道了又怎样？不知道又怎样？生命正是因为种种的不知道和种种的可能性，才变得绚烂多姿和魅力无穷。你依然要生活下去，依然要向前走。变化是无法预料的，世界充满了不可捉摸的可能。能够把握的只是我们自己。

那一天比尔离去的时候，带走了我沉甸甸的资料。比尔一手拎着资料，一手提着他不离身的书包。他的书包在纽约的大街上显得奇特而突兀。那是一个简单的布包，上面用汉字写着：天府茗茶。

在纽约看到比尔的所有时刻，他都拎着这个布包，突然想问问比尔，这是否是他妻子很喜欢的一件东西？

生命的颜色

记得接到湖南卫视邀我做嘉宾，飞赴上海采访陆幼青的电话时，踌躇犹豫。因为一个星期后，我就要到美国去，临走之前，诸事繁多，更主要的是心中忐忑。在大众传媒上展示死亡和面对死亡的接纳，我知道这在中国是一个新的课题。以画面表现一个濒临死亡的人的生存状态和精神思索，是沉重和令人惊惧的。我佩服湖南卫视的勇气，如果我是一个观众，我期待着看到这样发人深省的节目。但我自己可不想参与其中。死亡话题，轻了重了都会出问题，分寸感非常重要。实话说，我对采访没把握，我对自己没信心。

我把这份顾虑对着话筒说了。在感谢湖南卫视《有话好说》对我的高度信任之后，坚决婉拒出任这一角色。电话那一头的编导王骏很有韧性，毫不气馁，对我说：“毕老师，我读过您的《预约死亡》，我在互联网上以‘死亡’为题查找资料，所得甚少。我们再三考虑，觉得您还是一个合适的人选。我们等着您。”

那一瞬，我沉默。我能体会到他查找资料的那一份艰辛。

也许是因为自己做过医生的经历，我对死亡的研究十分关注。几年前，当我决定以临终关怀医院的题材创作一部小说的时候，为了补充自己的学养，临时抱佛脚，到处搜寻有关死亡学的资料，也是遭遇到了显著的困难。我惊异地发现，对于这样一个每个人都必定完结的归宿，我们的文化忌讳深深。王骏的话，使我更加感到了陆幼青的勇敢和可贵。他是一个孤独的斗士，在死亡的不归之路上疾行，留下串串脚印。无论从哪个角度讲，他都是值得钦佩的。我们活着的人，难道不能和他一道走过一程吗？在这种关头，迟疑地斟酌自己的形象得失，不仅仅是怯懦，更是一种不仁慈。

这样将了自己一军之后，我答应王骏，即日飞赴上海。

心立刻坠沉了起来。去美国的衣物还来不及购买和准备，外汇也没有换，还有诸多的事物也未梳理，统统放下了。先从网上当下来陆幼青的日记，一篇篇细细阅读。然后把家中能找到的关于死亡学的资料，快速复习浏览。最后开始打点行装。

带什么样的衣服呢？让我费了心思。正是夏末秋初的日子，北京的早晚已有些微的冷。上海比这里南，该是热的。但是，若是赶上风雨，是不是也有凉意呢？旅途辛苦，回来后马上又要渡重洋，可不能感冒。再者，衣服的颜色非常重要。因为这次采访非同寻常，面对的是这样一个聪明而特别的人，一栏视角独特氛围凝重的节目，我作为采访嘉宾，着装的色彩就不能凭着自己的喜好，而应以符合整个情境为妥。

我为自己选了两件白色的长短衬衣带上，心想白色总是不会出大错的。又在衣橱里挑了一件淡荷粉色的短袖衫，压在旅行箱的最底层。我对这件衣服到底用得着用不着，没多少把握。衣衫的粉色虽然极淡，毕竟偏向暖和红，不知陆幼青的心境和这一份色彩系统是否吻合，有备无患吧。又找出一件米黄色夹杂黑纹路的旧短袖衫，留着自己路上穿。它柔软舒适，摸爬滚打都相宜，随身方便。

马东主持人和王骏与我在电话里探讨如何将这期节目筹划得更有分量，大家都感到压力很大。国内同样的节目几乎未曾有过，对观众的接受程度也有几分不摸底。网上已经有人在嘀咕陆幼青作秀，节目的分寸感就更显凸出。既要充分显示出陆幼青思考的力度，肯定这一直面死亡的勇气，又不能光是空洞的赞扬，要更深地挖掘人性中的多个侧面。

电话打得很长，思绪还是未曾理清。关键是对陆幼青本人的状态不是很明晰。古话说“知己知彼，百战不殆”，我们现在只是半知。从电话里听得出，马东是视野开阔思维敏捷的主持人，有一种从善如流的气度，王骏更是好学有为的青年。这使得我们之间的谈话，从一开始就是坦率和富有建设性的。我说，在正式的节目录制之前，我们是否可以和陆幼青本人有一个接触。我虽然当过多年的医生，也接触过很多濒临死亡的人，但每一个人都是不同的，陆幼青更是一个非凡的人。这是一期引人深思的节目，为了对广大的观众负责，咱们尽量把准备工作做得细致些。

马东说，他很理解我的想法。只是为了保持现场的新鲜感，这档节目的惯例，是在录制之前，嘉宾和主持人都只是研究书面的资料，并不同接受访谈者直接见面。

我坚持了一下自己的主张，主要是从医生的角度考虑。我说，我从陆幼青在网上发布的日记来看，他的身体已出现缺氧和短时间窒息的情况。拍摄过程是很辛苦的，光照很强，时间也很难控制。对一个晚期癌症的病人，人道与尊重是非常重要的。我们不能只是从自己工作圆满的角度考虑，而忽视了陆幼青的权利。正因为他已视死如归，正因为他会强忍自己的痛苦，全力配合节目的录制，我们更要替他想得周到。况且，依我的经验，这种关于死亡的讨论，有时会深刻地搅动思维最底层的记忆，也需通盘设计。再者，我不知陆幼青对某些话题是否有特殊的爱好或是禁忌，准备工作多多益善。

马东思忖片刻说："这样吧，毕老师，咱们分头从长沙和北京动身。到达上海的当天，我们同陆幼青先生的夫人时牧言女士见个面。如此，我们就可比较详尽地了解到有关陆幼青方方面面的情况，又能保持正式拍摄时的新鲜感。"

就这样约定了。

买机票的时候，我特地选了浦东机场。虽说下了飞机后的路途比较远，但因为知道了陆幼青所工作的单位和浦东的开发有关，心想这样走一走，顺便也可对陆幼青工作时每日看到的景象，多一点感性的体验。

通常我上飞机，会穿着随体赋形的旧衣服蒙眬入睡。这一次不行了，目光炯炯，心中有焦虑和不安。

见了马东和王骏，果然和预想的一样，是勤勉聪慧、机警博识的年轻人，且有很好的教养，不愠不躁。我们找了住处周围的一间很小的酒吧，坐下开始讨论。已是下午时分，马东还没有吃午饭，要了一点简单的食品，边吃边说。我在飞机上吃了少许东西，便点了一杯矿泉水，边喝边说。

我们谈得很投机，设想得很全面，提出了种种的假设，特别是把陆幼青的日记逐句逐段地阅读，探讨在这些文字后面的那颗灵魂在怎样思索和表达。我敢说，在那时的中国，将陆幼青的文字读到如此细致深入程度的人，不敢说绝无仅有，肯定是不多的。

我们的身体，被上海的八月末的下午潮热的暑气蒸腾着。我们的大脑，被生命行将终结的严峻的冷气凝滞着。当一个我们所尊敬的人，正在每分钟地远去，我们又需挖掘出他内心的隐秘甚至隐痛的时候，挑战的力度和选择的艰难是那样矛盾。

最后，我们统一在“真诚和真实”。我们要向世人展示一个真实的陆幼青，展示他的现状和他的内心世界。马东希望我能就死亡学的研究和进展谈一点学理上的东西，我在本子上做了记录和整理。

讨沦之后，稍事休息，我们赶往一处饭店，和陆幼青的夫人时牧言女士会面。

晶莹热闹的大堂，喧哗中弥漫着鼎沸的人气。我们到得比较早，枯坐在一张餐桌旁，静静地等待着。在这一瞬，时牧言会是一个怎样的人，强烈地引发我们的想象。如果说，陆幼青的心脉还可以在他的文字中摸到搏动，那他的妻子，在这样的生离死别面前，将是怎样的心态和举止更令人猜测。因为餐桌位于餐厅中段，来客几乎可以从任一方向走过来，我不时地四处张望，期待着能在众多的客人中认出她来。

我甚至在想，她会穿着怎样的衣服呢？在这样的时刻，她的服装表达着她的愿望和信心，她会为自己和丈夫的心情而穿衣吧？

时牧言来了，沉稳而憔悴。她穿着橙色的衣服，鲜艳夺目。我悄悄环顾，因为这色彩太暖了，类乎海难时的救生衣，整个餐厅没有一个人着这个颜色的服装，她就显出特别的光彩，悲怆而明亮。

那天和时牧言的谈话令我非常钦佩和感动。同为女人，我可以感受到她的痛楚和坚忍，她的大度和勇气。我知道在这艰难的时刻，她竭尽全力，要协助自己的爱人完成生命中最后的飞跃。

我们就第二天下午所要进行的采访反复讨论，确定哪些话题深入讨论，哪些点到为止。我们还讨论了很多细节，比如提前在何时应用止痛剂，以便在药物疗效的峰值时进行采访，这样陆幼青感受到的痛苦较小。

将近尾声的时候，马东问道：“陆先生可有什么禁忌吗？”

“没有。你们什么都可以问。”时牧言坦然答道。

我说：“在我们的衣服穿着颜色方面，你家有什么讲究吗？”

时牧言迟疑了一下，还是很直率地说道：“绿色。我们家喜欢绿色。那是生命的颜色。你们明天到我家去就可以看到，到处是我种的花草，紫红的喇叭花非常鲜艳美丽。黄色也好，黑色和白色最好不用。”

我们用力地点点头。

回饭店的路上，马东说：“我平常最喜欢穿黑色的衣服，此次到上海来，带的也是黑衣服。明天一大早，我到商店去买新衣服。”

我这时又在心里埋怨自己那件粉色的衣服太淡了，在强光照耀之下，恐近乎白色，忙说：“我也去吧。”

第二天，我和马东直奔商店。进了店门。在标志牌下站住，马东说：“男装在三楼，女装在四楼，咱们分头去买衣服，半小时以后，咱们还在这里汇合。”

匆匆上楼。买过无数次衣服，都不似此次单刀直入。不在意款式质地，只求颜色。看到绿色的，特别是那种生机勃勃的绿，简直就是扑上去，忙不迭地说，小姐：“请拿一件我能穿的……”

也许因为上海人多娇小玲珑，连连看中的衣服，都没有我能穿的型号。只得退其次，去买T恤衫。想这种衣服，弹性较大，也许能找到色彩和尺码都相宜的。改变战术之后，很快就见了效。我在一家专卖店里，找到了基本符合要求的衣服。只是那绿色不很纯粹，近乎青柏色，翠中有一份苍老，实为美中不足。我相中了一款黄色T恤衫，黄得振作而昂扬，仿佛葵花瓣揉出汁液染成的，欣欣向荣。想来想去，我买下这件黄色衣服，又对小姐说，也许我会来换，先和你打个招呼。小姐态度很好，说：“没关系的，只要不弄脏，你随时可来换的。”

果不其然，在汇合处，马东亮宝似的拿出的衣服正是明亮的嫩黄色。他说：“我从来没穿过这种颜色的衣服，好像是一把太阳伞。您买的是什么颜色呢？”我对他说：“对不起，你还得等我一会儿。”

我赶忙跑回刚才的柜台，对小姐说：“不好意思啊，还要麻烦你。我要换成刚才的那件绿色。”小姐说：“为什么不喜欢这件了呢？我看还是黄色的比较配你的脸色的。”我说：“因为我有一个同伴，他已经买了黄色，我要和他配合，所以要调换。”

换了绿T恤衫，我和马东回到住处。当我把自己买的衣服拿给大家看的时候，没想到他们说：“唔，这个不好。毕老师，我们看就穿你下飞机时那件米黄色条纹的衣服好了，很亲切。”

我就听从了年轻人的建议。

那一天的采访，很成功。不单是制作了一档精彩的节目，我也从陆幼青身上学到了很多的东西。

生命之序

一位患非典的香港心脏科医生住进了医院的“深切治疗部”。“深切治疗”这个词是温煦的，但缝隙间有幽幽的冷风散了出来，让人感到病情的重笃。医生脱险后接受采访，记者问：“一个人孤独地住在病房里，想了些什么？”医生沉吟了一会儿说：“想的最多的是，要把人生中最重要的事和一般的事分开，先做那些重要的事情。”记者当然追问：“你生命中最重要的事，是什么呢？”医生答：“和我的家人在一起。”

几天后，我又见到一位脚夫老人。大家都熟悉的陕北民歌“赶牲灵”，就是脚夫们走沟穿壑在高原上吼出的。他说“活着做遍，死了无怨”，意思是人活着时候，把你想做的事都做了，就一生完满，活得够本，可以安然就死了。

医生是留洋博士，脚夫满面黄尘苍凉。不同层面的人，异曲同工的话，于是在突如其来的瘟疫背后，就有了哲学的味道。人是脆弱的，种种意外的蛰伏，使得能上天入地能让电脑每秒钟运算若干亿次的现代人，却无法估算出每人大限到来的时刻。面对永恒困境，只剩下一个可行的方法，就是把那些我们以为最重要的事抓紧做完。简言之，你要给生命排一个序。

什么是生命中最重要的事呢？夜深人静、月朗星稀之时，每个人心平气和地想想：也许是事业有成，也许是周游世界，也许是孝顺父母，也许是舍己为人，也许是永远探索，也许是安分守己……我相信都会得出自己的答案。

寻找最重要的事情，其实就是寻找生命的价值——它是我们立下的宏愿，是你选定的主牌。有了它，一应事务的顺序就排出来了。现代人陷入日常的忙碌，无数细小而琐碎的事件，缭乱了我们的双眼，模糊了我们的视线，凝滞了我们的脚步，壅塞了我们的襟怀……现在，非典这个小小却凶狠的病毒，抑缓了陀螺转动的速度，让我们被迫停步眺望。于是无数人像那位香港医生，在病榻的阴影下，情不自禁地思考起了顺序和意义。

无论非典还将肆虐多久，相信它必被遏制。但人类对于自己生存状态的判断，永不会终结。把你杂乱的牌阵理出顺序，把你最重要的事情放在首位，那无论怎样邪恶的病毒，也扰乱不了我们澄清的心。

苦难之后

谈谈关于苦难的问题，你们可有兴趣？有人一定会捂着耳朵说，不听不听……说句心里话，我也怕谈这个难题。对我这也是一个大考验。咱们好像共同面对着一碗苦苦的药汤，要一口口慢慢地喝下去，有时还得咂着嘴回味一番，更是苦上加苦。可是中国有句古话，叫做“良药苦口利于病”，对于某些重要的命题，回避不是一个好法子。所以，咱们就一块儿皱着眉咬着牙，坚持讨论下去吧。

我之所以不称你们为“老朋友”，不是因为咱们相识的时间还短，是因为你们的年龄比较小。我原来总以为研究“苦难”这个大题目，要放在人比较成熟的时候——起码要到男孩下巴上长出软软胡须，女孩身姿婀娜之后。可是，生活根本就不理会我们的安排，它我行我素，肆无忌惮，可以顷刻之间，就把严酷的灾难，比如山崩地裂，比如天灾人祸，比如父母离异，比如病魔缠身……降临到无数人头上，毫不对儿童和少年稍存体恤之情。

这就证明了一个铁一般冷酷的事实——苦难的降临是不以人的善良意志为转移的。它就像空气一样，围绕着成人，也围绕着未成年人。对于注定要发生的风浪，单纯地依靠一厢情愿的堤坝，是无法躲避灾难的。更重要更有效的策略，是我们具备直面它的勇气，然后从容冷静坚定顽强地走过苦难，重建生活。

有一句说得很滥的话——“不要总是生活在童话中”。这话是什么意思呢？大概是说——童话虽然很美好，但现实生活中远不是那个样子。面对真实的生活的时候，我们要忘掉童话的气氛。

我不同意这种说法。其实在那些最优秀的童话里，是充满了苦难和对于苦难的抗争的。比如说灰姑娘吧。她小小的年纪，就失去了母亲，父亲也并不关爱她（在那个经典的故事中，没有对灰姑娘爸爸的具体描写，我估计不是作者的疏忽，而是灰姑娘的老爸乏善可陈。从他找的第二任夫人的品行可看出，这老先生对人的洞察能力不佳），在继母的冷漠和姐姐们的白眼下生活，没法读书，做着力所不及的杂役……嗐！简直就是未成年人被家庭虐待的典型。

比如卖火柴的小女孩，更是悲惨至极。没有吃的，没有喝的，在节日的夜晚，还要光着脚在风雪中售卖火柴，以至于饥寒交迫冻饿而死……真是惨绝人寰的景象。依我在西藏雪域生活多年的经验，作家笔下所描绘的小女孩临死前所看到的温暖光明的家庭图画，其实很有科学根据。濒临冻僵的人，神经麻痹之后会出现神秘的幻觉——平日的理想都虚无缥缈地浮现出来了。包括小女孩脸上的笑容，也有医学基础。严寒会使人的肌肉强烈痉挛，我当过多年的医生，所见过的被冻死的人，表情都好似在微笑……

再说白雪公主。亲妈早早仙逝，后母不容，因为嫉妒她的美丽，竟然雇了杀手要取她首级。好不容易死里逃生，被好心小矮人收留，为了报答恩人，她从高贵的公主摇身一变，成了打扫家务烹炸菜肴的小时工，这个落差不可谓不大。就这样，她的厄运还远未终结，后母死死追杀，最后险些被毒苹果夺去红颜……

怎么样？以上所谈童话中的阴谋与死亡、贫困与灾难……其力度和惨烈，就是今人，也要为之垂泪吧？

我还可以举出许多。比如小人鱼变鳍为脚的痛楚，小红帽面对狼外婆的恐惧，孙悟空戴上紧箍咒的折磨和唐僧九九八十一难的艰辛……怎么样，我说得不错吧？童话并不遮盖苦难，它们比今天那些搞笑的故事，更多悲凉和灾难的警策。

也许是因为童话多半有一个光明的结尾，好人得到神灵相助，就使人们忽略了那些惨淡的忧郁，以为童话总是祥云笼罩，这实在是一个大误会。

小朋友和中朋友们，说句真心话，依我这些年跋山涉水走南闯北的经验，苦难就像感冒，几乎是不可避免的。如果谁告诉你们世界永远是阳光灿烂，请记住——他是一个骗子。

灾难埋伏在我们前进的拐弯处，不知何时会突袭我们。怕，是没什么用的。我们不能取消灾难，各位能够做到的就是面对灾难不屈服。

灾难会带给我们巨大的痛苦。亲人丧失、房屋倒塌、财产毁坏、学业中断、断臂失明、瘫痪失语、孤苦无依、诬陷迫害……这些词令人窒息，我都不忍心写下去了。但我深深知道，以上绝境还远远不是灾难的全部，在人生过程中，还有大大小小许许多多匪夷所思的艰涩，会不期而遇。

既然灾难不可避免，灾难之后，我们怎么办？我想答案一定是形形色色的。不过万变不离其宗，大致可以分成两大类。

一条路是——我们可以终日啼哭，用泪水使太平洋的海拔高度上升。我们可以一蹶不振徘徊在墓地，时时沉湎在对亲人的怀念和追悼中。我们可以怨天尤人，愤问苍穹的不公和大自然的残忍。我们可以从此心地晦暗，再也不会欢笑和宽容……

沿着这条路一直走下去，那结局是末日的黑色和冰冷。

还有一条路是——我们拭干眼泪，重新唤起生的勇气。掩埋了亲人之后，我们努力振奋新的精神，以告慰天上的目光。我们更珍惜生命的价值和意义，争取用自己的存在让这颗星球更美。我们对他人更多温情和宽厚，因为我们从患难中理解了友谊和支援……

沿着这条路走下去，那结局是火焰般的橘黄色，明媚温暖。

小朋友和中朋友们，这可是南辕北辙的啊。灾难之后，何去何从，千万三思而后行！

灾难是一把双刃剑，可以把一个人从精神上杀死，也可以把他锻造得更加坚强。所以，选择非常重要。

如果说，何时我们遭遇灾难，是不受我们控制的，但灾难之后我们如何走过灾难，是我们一定能掌握的。在灾难的废墟上，愿生命之树依然常青。

豆角鼓

有一个在幼儿园就熟识的朋友，男生。那时，我们同在一张小饭桌上吃饭。上劳动课的时候，阿姨发给每人一面跳新疆舞用的小铃鼓，里头装满了豆角。当我择不完豆角丝的时候，他会来帮我。我们就把新疆铃鼓称为“豆角鼓”。

以后几十年，我们只有很少的来往，彼此都知道对方在城市的某一个角落里，愉快地生活着。一天，他妻子来电话，说他得了喉癌，手术后在家静养，如果我有时间的话，请给他去个电话。我连连答应，说明天就做。他妻子略略停了一下说：“通话时，请您尽量多说，他会非常入神地听。但是，他不会回答你，因为他无法说话。”

第二天，我给他打了电话。当我说出他的名字以后，对方是长久地沉默。我习惯地等待着回答，猛然意识到，我是不可能得到回音的。我便自顾自地说下去，确知他就在电线的那一端，静静地聆听着。自言自语久了，没有反响也没有回馈，甚至连喘息的声音也没有，感觉很是怪异。好像你面对着无边无际的棉花垛……

那天晚上，他的妻子来电话说，他很高兴，很感谢，希望我以后常常给他打电话。

我答应了，但拖延了很长的时间。也许是因为那天独自说话没有回声的感受太特别了。后来，我终于再次拨通了他家的电话。当我说完：“你是××吗？我是你幼儿园的同桌啊……”

我停顿了一下，并不是等待他的回答，只是喘了一口气，预备兀自说下去。就在这个短暂的间歇里，我听到了细碎的哗啦啦声……这是什么响动？啊，是豆角鼓被人用力摇动的声音！

那一瞬，我热泪盈眶。人间的温情跨越无数岁月和命运的阴霾，将记忆烘烤得蓬松而馨香。

那一天，每当我说完一段话的时候，就有“哗啦啦”的声音响起，一如当年我们共同把择好的豆角倒进菜筐。当我说“再见”的时候，回答我的是响亮而长久的豆角鼓声。

轰毁你心中的魔床

魔鬼有张床。它守候在路边，把每一个过路的人，揪到它的魔床上。魔床的尺寸是现成的，路人的身体比魔床长，它就把那人的头或是脚锯下来。那人的个子矮小，魔鬼就把路人的脖子和肚子像拉面一样抻长……只有极少的人天生符合魔床的尺寸，不长不短地躺在魔床上，其余的人总要被魔鬼折磨，身心俱残。

一个女生向我诉说："我被甩了，心中苦痛万分。他是我的学长，曾每天都捧着我的脸说，'你是天下最可爱的女孩'。可说不爱就不爱了，做得那么绝，一去不回头。我是很理性的女孩，当他说我是天下最可爱的女孩的时候，我知道我姿色平平，担不起这份美誉，但我知道那是出自他真心。那些话像火，我的耳朵还在风中发烫，人却大变了。我久久追在他后面，不是要赖着他，只是希望他拿出响当当硬邦邦的说法，给我一个交代，也给他自己一个交代。

“由于这个变故，我不再相信自己，也不相信他人。我怀疑我的智商，一定是自己的判断力出了问题。如此至亲至密，说翻脸就翻脸，让我还能信谁。”

女生叫箫凉。箫凉说到这里，眼泪把围巾的颜色一片片变深。失恋的故事，我已听过成百上千，每一次，不敢丝毫等闲视之。我知道有殷红的血从她心中坠落。

我对箫凉说：“这问题对你，已不单单是失恋，而是最基本的信念被动摇了，所以你沮丧、孤独、自卑，还有愤怒的莫名其妙……”

箫凉说：“对啊，他欠我太多的理由。”

人是追求理由的动物。其实，所有的理由都来自我们心底的魔床——那就是我们对一些问题的看法和观念。它潜移默化地时刻评价着我们的言行和世界万物。相符了，就皆大欢喜，以为正确合理。不相符，就郁郁寡欢怨天尤人。

这种魔床，有一个最通俗最简单的名字，就叫作“应该”。有的人心里摆得少些，有三个五个“应该”。有的人心里摆得多些，几十个上百个也说不准，如果能透视到他的内心，也许拥挤得像个卖床垫的家具城。

魔床上都刻着怎样的字呢?

箫凉的魔床上就写着“人应该是可爱的”。我知道很多女生特别喜欢这个“应该”。热恋中的情人，更是三句话不离“可爱”。这张魔床导致的直接后果，就是我们以为自己的存在价值，决定于他人的评价。如果别人觉得我们是可爱的，我们就欢欣鼓舞，如果什么人不爱我们了，就天地变色日月无光。很多失恋的青年，在这个问题上百思不得其解，苦苦搜索“给个理由先”。如果没有理由，你不能不爱我。如果你说的理由不能说服我，那么就只有一个理由，就是我已不再可爱，一定是我有了什么过错……很多失恋的男女青年，不是被失恋本身，而是被他们自己心底的魔床锯得七零八落。残缺的自尊心在魔床之上火烧火燎，好像街头的羊肉串。

要说这张魔床的生产日期，实在是年代久远，也许生命有多少年，它就相伴了多少年。最初着手制造这张魔床的人，也许正是我们的父母。当我们还是婴儿的时候，那样弱小，只能全然依赖亲人的抚育。如果父母不喜欢我们，不照料我们，在我们小小的心里，无法思索这复杂的变化，最简单的方式，我们就以为是自己的过错。必是我们不够可爱，才惹来了嫌弃和疏远。特别是大人们的口头禅：“你怎么这么不乖?如果你再这样，我就不喜欢你了……”凡此种种，都会在我们幼小的心底，留下深深的印记。那张可怕的魔床蓝图，就这样一笔笔地勾画出来了。

有人会说，啊，原来这“应该如何如何”的责任不在我，而在我的父母。其实，床是谁造的，这问题固然重要，但还不是最重要的。心理学家弗洛伊德说过，一个孩子，就是在最慈爱的父母那里长大，他的内心也会留有很多创伤（大意。原谅我一时没有找到原文，但意思绝对不错）。我们长大之后，要搜索自己的内心，看看它藏有多少张这样的魔床，然后亲手将它轰毁。

一位男青年说：“我很用功，我的成绩很好。可是我不善辞令，人多的场合，一说话就脸红。我用了很大的力量克服，奋勇竞选学生会的部长，结果惨遭败北。前景黑暗，这可不是个好兆头，看来我一生都会是失败者。”于是，他变得落落寡合，自贬自怜，头发很长了也不梳理，邋遢着独往独来的，好似一个旧时的落魄文人。大家觉得他很怪，更少有人搭理他了。

他内心的魔床就是：我应该是全能的。我不单要学习好，而且样样都要好。我每次都应该成功，否则就一蹶不振。挫折被放在这张魔床上翻身反复比量，自己把自己裁剪得七零八落。一次的失败就成了永远的颓势，局部的不完美就泛滥成了整体的否定。

一个不美丽的大学女生每天顾影自怜。上课不敢坐在阶梯教室的前排，心想老师一定只愿看到“养眼”的女孩。有个男生向她表示好感，她想，我不美丽，他一定不是真心。如果我投入感情，肯定会被他欺骗，当作话柄流传。于是，她斩钉截铁地拒绝了他，以为这是决断和明智。找工作的时候，她的简历写得很好，每每被约见面试，但每一次都铩羽而归。她以为是自己的服饰不够新潮化妆不够到位，省吃俭用买了高级白领套装外带昂贵的化妆品，可惜还是屡遭淘汰……她耷拉着脸，嘴边已经出现了在饱经沧桑的失意女子脸上才可看到像小括弧般的竖形皱纹。

如果允许我们走进她枯燥的内心，我想那里一定摆着一张逼仄的小床。床上写着“女孩应该倾国倾城。应该有白皙的皮肤，应该有挺秀的身躯，应该有玲珑的曲线，应该有精妙绝伦的五官……如果没有，她就注定得不到幸福，所有的努力都会白搭，就算碰巧有一个好的开头，也不会有好的结尾。如果有男生追求长相不漂亮的女孩，一定是个陷阱，背后必有狼子野心，切切不可上当……”

很容易推算，当一个人内心有了这样的暗示，她的面容是愁苦和畏惧的，她的举止是局促和紧张的，她的声音是怯懦和微弱的，她的眼神是低垂和飘忽的……她在情感和事业上成功的概率极低，到了手的幸福不敢接纳，尚未到手的机遇不敢追求，她的整个形象都散射着这样的信息——我不美丽，所以，我不配有好运气！

讲完了黯淡的故事，擦拭了委屈的泪水，我希望她能找到那张魔床，用通红的火把将它焚毁。

谁说不美丽的女子就没有幸福？谁说不美丽的女子就没有事业？谁说命运是个好色的登徒子？谁说天下的男子都是以貌取人的低能儿？

心中的魔床有大有小，有的甚至金光闪闪，颇有迷惑人的能量。我见过一家证券公司的老总，真是事业有成高大英俊，名牌大学洋文凭，还有志同道合的妻子，活泼聪颖的孩子……一句话，简直人该有的他都有，可他寝食无安，内心的忧郁焦虑非凡人所能想象，不知是什么灼烤着他的内心。

“我总觉得这一切不长久。人无远虑，必有近忧。水至清则无鱼，谦受益满招损。我今天赚钱，日后可能赔钱。妻子可能背叛，孩子可能车祸。我也许会突患暴病，世界可能会地震火灾飓风，即使风调雨顺，也必会有人祸比如‘9·11’……我无法安心，恐惧追赶着我的脚后跟，惶恐将我包围。”他眉头紧皱着说。

我说：“你极度地不安全。你总在未雨绸缪，你总在防微杜渐。你觉得周围潜伏着很多危险，它们如同空气看不着摸不到却无所不在无所不能。”

他说：“是啊。你说得不错。”

我说：“在你内心，可有一张魔床？”

他说：“什么魔床？我内心只有深不可测的恐惧。”

我说：“那张魔床上写着：人不应该有幸福，只应该有灾难。幸福是不真实的，只有灾难才是永恒的。人不应该只生活在今天，明天和将来才是最重要的。”

他连连说：“正是这样。今天的一切都不足信，唯有对将来的忧患才是真实的。”

我说：“每个人都有过去现在和将来。对我们来讲，无论过去发生过什么，都已逝去。无论你对将来有多少设想，都还没有发生。我们活在当下。”

由于幼年的遭遇，他是个缺乏安全感的人。惊惧射杀了他对于幸福的感知和欣赏。只有销毁了那魔床，他才能晒到金色的夕阳，听到妻儿的欢歌笑语，才能从容镇定地面对风云，即使风雨真的袭来，也依然轻裘缓带玉树临风。

说穿了，魔床并不可怕，当它不由分说就宰割着你的意志和行为之时，面对残缺，我们只有悲楚绝望。但当我们撕去了魔床上的铭文，打碎了那些陈腐的“应该”，魔力就在一瞬间倒塌。随着魔床轰塌，代之以我们清新明朗的心态。

魔由心生。时时检点自己的心灵宝库，可以储藏勇气，可以储藏智慧，可以储藏经验和教训，可以储藏期望和安慰，只是不要储藏“应该”。

关于思想和心灵的感悟

文学自然可以哭泣，但那眼泪须不止属于你自己，必得有能引起众人共鸣的激情。文学自然应该特殊，但什么是真正的特殊，可要有清醒的意识。那就是为你所独有的一份对人世间的把握，借助了祖宗遗留给我们的古老工具——语言，优美清晰地表达出来，以传递心灵的感应。

我的一些非常重要的经验，来自一些说话很沉闷的人那里。就像一大堆矿石才能提炼出几克稀有金属，需要足够的耐心和时间。

谈话的第一要素是尊重，倾听时除了聚精会神以外，还要不时报以会心的微笑。对方兴致勃勃地说下去，闪光的语言就有可能随之出现。

当我非常欣赏一位作家的作品时，就竭力不去结识他。

因为崇敬，我不想近距离地观察他。

每个人都是多棱的，即使是一个高尚的人，灵魂中也潜伏着卑微。但那些最好的文章，是优秀的作家在霞光普照的清晨，用生命最甘美的汁液写下的，他们自己也清醒地知道不可能重复。这里面一定有我们未知的属于神的部分。

当我们结识世俗的本人时，会或多或少干扰破坏我们对美的遐想。

人应该锻炼出敏锐地感应他人情绪的本领，犹如我们一出房门，就觉察出气温的变化。

说起来烦难，只要认真去做，并不复杂。

从一个人的衣着、面色、下意识的小动作、偶尔吐出的个别话语，他的精神状态基本上昭然若揭。

并不是号召所有的人都察言观色，以求一逞。

人是团体的动物，他人的心情会迅速波及自己的心情。为了保护情绪不感冒，我们必须了解周围最密切接触的人——心情的温度。

现代的科学技术越来越发达，但它们相对于人来讲，永远是身外之物。人类已经把自己的衣食住行打点得越来越精致，把外在的条件整治得越来越舒适了。但是心灵呢？这灵长中的灵长，却在越来越辉煌的物质文明中萎缩，淹没在闪烁的霓虹灯下，迷失在情感的沙漠里。

随着年龄渐长，我与那些心中最美好的希望，有了一种默契。那就是——有些愿望不必实现，就让它们永远存留在我们的想象中吧。

现代社会是一只飞速旋转的风火轮，把无数信息强行灌输给我们。见多不怪，我们的心灵渐渐在震颤中麻痹，更不消说有意识地掩饰我们的惊讶，会更猛烈地加速心灵粗糙。在纷繁的灯红酒绿和人为的打磨中，我们必将极快地丧失掉惊奇的本能。

在我们的思想里有许多思想的建筑物和思想的废墟。我们常常忙于建设，而对清理废墟注意得不够，以为新的建立起来，旧有的就会自动消失。

其实批判自己是一件很艰难的事情。如果畏惧它，我们的头脑就会新旧杂糅，某些时候出现混乱。

否认了“惊”，就扼杀了它的同胞兄弟。我们将在无意之中，失去众多丰富自己的机遇。假如牛顿不惊奇，他也许就把那个包裹着真理的金苹果，吃到自己的肚子里面了。人类与伟大的万有引力相逢，也许还要迟滞很多年。

假如瓦特不惊奇，水壶盖扑扑响着，一个划时代的发现，就蒸发到厨房的空气中了。我们的蒸汽火车头，也许还要在牛车漫长的辙道里蹒跚亿万公里。

保持惊奇，我常常这样对自己说。它是一眼永不干涸的温泉，会有汩汩的对于世界的热爱，蒸腾而起，滋润着我们的心灵。

宁吃鲜桃一口，不吃烂杏一筐——我以为这必是有钱有食人说的话。假若是穷人，恐怕还得要那一筐烂杏。挑挑拣拣，可吃的部分总还是比一口鲜桃要多。

纵是杏完全不能吃了，砸了核儿吃仁，也还可充饥。当然，那杏核儿若是苦的，也就没办法了。

不过还可卖苦杏仁，也是一味药材。

现代社会令人眼花缭乱，每个人在某种意义上说，都是孤陋寡闻的。你在你的行业里是专家里手，在其他领域里，完全可能是白痴。这不是羞愧的事情，坦率地流露惊奇，表示自己对这一方面的无知以及求知的探索，是一种可嘉的勇气。

更不消说我国自古就有“道高一尺、魔高一丈”的传统。恕我悲观，辨假永远也赶不上造假。消费者书生意气纸上谈兵，造假者磨刀霍霍鼎力革新。以单一的柔软的消费者对抗虎视眈眈的造假者，我等甘拜下风。

小孩子是常常说真话的。人在成长中锻炼出抑制说真话的本领，随着年岁的增加，说真话的频率便越来越少。到了老年，又渐渐地说起真话来。

所以真话是一种离新生和死亡都比较近的品质。

不要以为所有的谎言都是恶意，善良更容易把我们载到谎言的彼岸。

有些事物和人物的价值，就是在我们看不到的地方影响着我们。

快乐的核心是什么？是责任。完成的责任越重大越艰苦，它带给人的快乐越深刻越长久。

人的记忆大体分为两种类型。

一是善于遗忘痛苦，一是善于铭记痛苦。

前者多豁达，后者多建树。

幸福就是没有痛苦的时刻。它出现的频率并不像我们想象的那样少。人们常常只是在幸福的金马车已经驶过去很远，拣起地上的金鬃毛说："原来我见过她。"

助手有两种。一种是甘心情愿做助手，永远的助手。一种是在学习和准备着，随时打算不做助手。

前一种人忠诚有余机变不足，后一种人有野心，经常逾越助手的位置。而将两者结合在一起的助手，还没有出生。

一个好的主意，往往是在混乱中产生的。犹如最好的蘑菇，寄生于朽木。

丰收的季节，先不要去想可能的灾年，我们还有漫长的冬季来得及考虑这件事。我们要和朋友们跳舞唱歌，渲染喜悦。既然种子已经回报了汗水，我们就有权沉浸幸福。不要管以后的风霜雨雪，让我们先把麦子磨成面粉，烘一个香喷喷的面包。

如果我们不同意某个问题，我们有两种可以选择的方式。一是反对，一是等待。反对是寄予自身的力量，等待是遵循事物发展的规律。

见多未必识广。有的人见得多了，只是助长了骄气、狂气、奢气、匪气……反倒比孤陋寡闻的人离知识更远。

见闻只有进入智慧的大脑，才可化为养料。

世界上有一些仇恨和一些恩情是无法还报的。遇到这种时候，我们只有远远地走开。

我愿同智商很高的人对话，愿同智商稍高于我的人共事。

与挣钱相比，花钱更能显示出一个人的眼光与趣味。挣钱是光凭气力就可做到的事，花钱还需智慧。

如果你一时分辨不出一个人的品行，就去看他怎样花钱。一掷千金的是纨绔和诗人，量入为出的是节俭和主妇。张弛有序的是大家和智者，首尾不顾的是愚妇和莽汉……假如他根本就不花钱，除了极端的悭吝就是一个缺乏生活情趣的人。

人到无求，心必坦荡，言必真诚，志必磊落，行必光明。

假如我重新走过中学

假如我在2000年变成一个少年，重新走过中学……我想我要做的第一件事，是请父母吃顿饭（这顿饭要我自己亲手做。手艺不精，就吃鸡蛋炒米饭好啦，重在参与）。饭后庄严宣布，我感谢以往他们为我做过的一切。今后不要再把我当作一个小孩，请注意我已长大。

我要保持心情愉快。童年的快乐，比较简单。比如一块巧克力，就会让我们高兴。随着年龄的增长，我们有了忧愁。老师的骂、妈妈的唠叨、同学的争执、考试的失利……都会使情绪暗淡。我要寻找生活中美好快乐的时光，让光明笼罩心胸。

把身体锻炼得棒棒。因为它是陪伴我们一生的朋友。增强自己的勇气和耐力，将来的竞争很激烈。务必珍视眼睛的健康。

要有一两个知心的朋友，高兴的时候我们在一起眉飞色舞，悲伤的时候我哭她也哭，然后一起破涕为笑。

尽量地多看一些课外书。用眼光的雷达，扫视着最新的科技进展。像一个守财奴似的，贪婪地积聚各方面的知识，储藏在脑海中。

还有很多愿望……因为我变不成一个中学生，所以我说了也是白说。我告诉大家，是希望有人能把这些话做个参考。

每只小狗都有一个目标

有一对夫妇有两个孩子，一个叫莎拉，一个叫克里斯蒂。当孩子还小的时候，父母决定为他们养一只小狗。小狗抱回来以后，他们想请一位朋友帮忙训练这只小狗。他们搂着小狗来到朋友家，安然坐下，在第一次训练前，女驯狗师问："小狗的目标是什么？"夫妻俩面面相觑，很是意外，他们实在想不出狗还有什么另外的目标，嘟囔着说："一只小狗的目标？那当然就是当一只狗了。"女驯狗师极为严肃地摇了摇头说："每只小狗都得有一个目标。"

夫妇俩商量之后，为小狗确立了一个目标——白天和孩子们一道玩，夜里要能看家。后来，小狗被成功地训练成了孩子的好朋友和家中财产的守护神。

这对夫妇就是美国的前任副总统阿尔·戈尔和他的妻子迪帕。他们牢牢地记住了这句话——做一只狗要有目标。推而广之，做一个人也要有目标。

在现实生活中，却有太多太多的人，没有目标。其实寻找目标并不是一件太难的事，关键是你要知道天下有这样一件唯此唯大的事，然后尽早来做。正是你自己需要一个目标，而不是你的父母或是你的老师或是你的上级需要它。它的存在，和别人的关系都没有和你的关系那样密切。也就是说，它将是你最亲爱的伙伴，其血肉相连的程度，绝对超过了你和你的父母，你和你的妻子儿女，你和你的同伴及领导的关系。你可能丧失了所有的财产和所有的亲人，但只要你的目标还在，你就还有一个完整的系统存在，你就并不孤独和无望。

我们常常把别人的期待当成了自己的目标，在孩童的时候，这几乎是顺理成章的事情。但是，你会渐渐地长大，无论别人的期望是怎样地美好，它也不属于你。除非有一天，你成功地在自己的心底移植了这个期望，这个期望生根发芽，长成了你的目标。那时，尽管所有的枝叶都和原本的母本一脉相承，但其实它已面目全非，它的灵魂完完全全只属于你，它被你的血脉所濡养。

我们常常把世俗的流转当成自己的目标。这一阵子崇尚钱，你就把挣钱当成了自己的目标。殊不知钱只是手段而非目标，有了钱之后，事情远远没有结束。把钱当成目标，就是把叶子当成了根。目标是终极的代名词，它悬挂在人生的瀚海之中，你向它航行，却永远不会抵达。你的快乐就在这跋涉的过程中流淌，而并非把目标攫为己有。从这个意义上说，钱不具备终极目标的资格。过一阵子流行美丽，你就把制造美丽保存美丽当成了目标。殊不知美丽的标准有所不同，美丽是可以变化的，目标却是相当恒定的。美丽之后你还要做什么？美丽会退色，目标却永远鲜艳。

有人把快乐和幸福当成了终极目标，这也值得推敲。快乐并不只是单纯的快感，类乎饮食和繁殖的本能。科学家们通过研究，发现最长远最持久的快乐，来自你的自我价值的体现。而毫无疑问，自我价值是从属于你的目标感，一个连目标都没有的人，何谈价值呢！

一棵树的目标也许雕成大厦的栋梁，也许是撑一把绿伞送人阴凉。也许是化做无数张白纸传递知识，也许是制成一次性筷子让人大快朵颐……还有数不清的可能性，我们不是树，我们不可能穷尽也不可能明白树的心思。我们是人，我们可以为自己确立一个目标，这是做人的本分之一。

年龄的颜色

如果在词语上涂抹颜色，把红色比作褒奖，把黑色比作贬斥，婴儿的诞生就是一枚艳丽的圣女果铿锵落下，年龄调色盘就此开始旋转。

幼儿无疑是樱红色的，皮肤水嫩吹弹得破，胎毛柔软双眸晶亮，对成年人的依偎更使长辈人在辛苦的同时，感到被信任的幸福和施与哺育的责任。

当一个幼儿长成少年，他们开始反叛和桀骜不驯，但眼光依然秋水般明澈，恣肆汪洋之下依然是可爱的探索和希冀。

如果说到青年人的颜色，我想是金红色的吧？不仅仅是红，而且有了逼人的光芒和灼热的火焰，有炫目和烘烤之感。

对于中年人……注意，当我们说到这个词的时候，会不由自主地把音速放缓，深深地吸进一口气。我们会感到平稳和力量，会感到深厚的功力和外柔内刚的主动。用颜色作比方，此时的他们是沉静而内敛的枣红色，有了一点点不易察觉的黑色潜藏其中，恰到好处，让红有了华丽的平台和根脉的喷张。

随着年龄的增长，调色盘中的红色悄悄地隐没，黑色如荒草蔓延滋生。他们颊上的光润，无可挽回地凋落了，血脉开始干涸。雪白的牙齿无论怎样保护，已出现松动和脱失。漆黑的须发无论怎样濡养，却也躲不过秋霜的点染。矫健的双腿注入了滞涩的尘锈，锐利的双眸需要借助镜片的帮忙才能看清书本……他们无可逆转地进入了老年，沉暗的黑幕跳着优雅的华尔兹，温和地不动声色地蚕食着红色的舞台，旋转着将你带到遥远的天际，那里有星星点点的光芒、如银的残月和无边的静夜……

这不是一个悲观的预测，而是一个透明的事实。如果让我更赤裸裸地说出真实，那就是这个规律对于女人来讲，更坚定和不容商榷。如晦的黑色会更早地出现，娇嫩的红色会更快地淡隐。什么美容整容化妆术，都遮盖不了本质的嬗变。当绯红退潮酱黑涌入的时候，有一个专用名词，这就是“更年期”。我觉得这个名词起得挺妙——变更年龄的时期。追本溯源，什么年龄变更了呢？是一个女人从生殖的年龄变到丧失了这种功能的年龄。

这在远古，一定是一个令女子非常害怕的改变。对于种族和家系的繁衍，她已归零。生产力低下的时代，繁殖的本能，是女性赖以生存的极为重要的资源。更不消说，由于激素的变化，她的身体内部出现了一系列陌生的信号，令她震惊和不适。她有可能暴躁和哭泣，会面部潮红情绪波动，会丧失部分劳动能力甚至难以与人和谐相处……凡此种种，现代科学将之冷静地归纳在一起，打了一个大大的文件包，名曰“更年期综合征”。

更年期综合征是一组症状，在已知的疾病里面，它既不是最难治的，也不是最严重的。不像“非典”或“禽流感”，它不传染。所有不曾早夭的女人差不多都会被它淋湿一遭。在某种程度上说，症状如不剧烈，它几乎不能算是一种病，只能说是一个生理阶段，有一种广义上的必然。据现代科学研究，男性也会有“更年期”，体内的激素也会衰减，也同样难逃生殖机能从衰减趋向沉默的恢恢法网。

有趣的是，你可以观察，大多数人，尤其是年轻人，在谈起“更年期”的时候，嘴都会不由自主地撇一下，以表达不屑和厌恶。或者说，当他们具体针对某个人的时候，由于关系的紧密和礼节的顾忌，这种情感还比较收敛的话，当这个名称抽象起来，成为单纯的标签时，这种轻漠和鄙弃将表达得十分充分和无所顾忌。

年龄上的傲慢，是进化中的化石。现代科技与文明，已经大大地延续了人类的年龄，但那些来自远古的律令，依然盘踞在我们意识的岩缝里。

在动物世界，过了盛年的个体，就滑到了边缘和死亡，某些物种，完成繁殖之后，几乎立刻结束了生命，把尸身盛在盘子里变作后代的佳肴。人是一个例外，这个例外由于科技的助力，变得更加突出了。但我们在意识层面之下对于古老法则的延展，还是根深蒂固的。

有人说，提出了问题就等于解决了一半。在年龄歧视这方面，我可不乐观。提出问题不是解决了一半，仅仅是觉察而已。

深绿是浅绿的弟弟

夏天是北欧的黄金季节，气候温和艳阳高照。对游人来说，却并不那么舒服。无所不在的白昼，把人的生物钟完全打乱了。明晃晃的太阳，一天20小时照耀着你，让人寝食不安。夜里11点了，天空还没有一丝暮色，好不容易熬到了午夜1点，窗外渐渐晦暗，可没等你入睡，凌晨2点钟天又大亮了。极昼的景致已让人坐卧不宁，试想一下到了年根前的极夜时分，一天20小时的漫漫昏黑，岂不苦煞人也！更不消说，挪威有五分之二以上的领土在北极圈内，山地、高原和冰川占了绝大部分，可耕地只有3%，简直可算条件恶劣。

然而就是这个挪威，年年都入选世界上最适宜居住的国家，今年更是一举夺得了此项评比的第一名。我就有些纳闷，和一位朋友谈起心中的不平，那朋友轻轻说了一句振聋发聩的话——挪威的适宜居住，都是因为有树啊！

在挪威旅行，简直就是在绿色的漩涡里打滚。到处都是森林，空气中充满了草木的清香。几天之后，我问："同去的朋友，你看看我的白眼球黑眼珠，还是原来的颜色吗？"朋友吃惊地端详了我一阵说："你好像并没有得红眼病，还是黑白分明的双眼。"我说："我不是那个意思，是说在挪威走来走去，整天看到的都是绿色，眼珠恐怕也染得像翡翠了。"

据最新统计，挪威的森林覆盖率达到了国土总面积的75%。因为有了树木，挪威就有了清洁的空气和丰富的资源，因为有了树木，挪威人就单纯快乐也步伐勇敢。树木在养育了人类之后，又教给人和大自然和睦相处共同繁荣，挪威于是成了世界上最富有的国家之一。

想起一句话："深绿是浅绿的弟弟。"它的作者是一位挪威诗人，写了很多脍炙人口的著名诗篇，但我最喜欢的就是这句——深绿是浅绿的弟弟。它会引起你很多美妙的想象，比如，深绿长大了，是不是也要像哥哥看齐，变成浅绿呢？深绿和浅绿的妈妈是谁？它们有没有姐妹？会不会姐姐是嫣红而妹妹是姹紫呢?

毋庸讳言，我们的国家还不够绿。不要说深绿浅绿，连均匀的淡绿也谈不到，适宜居住对我们来说尚是一个梦。好在绿色的母亲我们已经有了，那就是我们的手和我们的心。只要有了母亲，她的子女就会渐渐繁衍昌盛起来，这必定无疑。

为了能够紧紧地握住一双手

女孩，你真的不怕死人吗？

我在北京隆冬碧蓝色的天穹下，这样问一个美丽的小姑娘，站在临终关怀医院晒满了白色被单的院落里。

她穿着一件1994年初最时髦的红色太空棉短大衣，裹在黑色健美裤里的双腿挺拔有力，脚蹬一双柿黄色皮短靴——整个身躯灵巧得像一只香獐。

我从来没有见过香獐，但它是我想象中最灵动活泼的生物，我愿以它来命名这位年轻的志愿者。

“我不怕。不怕这些就要死去的人。人要死的时候，都非常善良。和他们在一起，我觉得很温暖。”女孩说。

北京的这所临终关怀医院，坐落在亚运村附近。在高楼大厦之间，有一套小小的院落。几十张病床，经年累月住得满满的。风烛残年的老人，把这里当做最后的驿站。他们得到周到的治疗和细心的照料，直到走进永恒的宇宙。院长告诉我，这里入院病人的平均住院时间是13.7天。

“您明白这个数字的意思吗？”院长问我。

“我明白。”我说，“它的意思就是所有走进这所医院的病人，在不到两周的时间内，都永远地离开了我们。”

“是的。”院长说，“他们在告别这个世界的最后的日子里，都格外地渴望温情。”

有一个小姑娘，在一个偶然的机会里，知道了有这样一所医院。她告诉了她的伙伴们。志愿者这个名词是与世界同步的象征，半是好奇，半是女孩天生的爱心，她和她的伙伴们就到这里来了，在一个星期五的下午，像一群小香獐跑近这白色的森林。

刚进院门，她们就后悔了，甚至不敢迈进充满药气的病房。她们像黎明时分凝结的露珠，幼小和清凌。她们无法理解什么是死亡。

“在护士的陪伴下，我战战兢兢地走进病房。”穿柿黄靴子的小姑娘说。

“一个老人一把抓住我的手，连连叫：‘杜鹃……杜鹃！’

“我刚要说我不是什么杜鹃，护士使了个眼色，我就闭紧了嘴。老人望着我，眼神里有一种深沉的眷恋，嘴边荡出微笑。我和他对视着，恐惧渐渐散去，心里充满了从天而降的感动。

“那一天，别的同学忙着擦玻璃、给病人喂饭，我几乎什么也没有做，只是被那个濒危的老人握着手。他的手很瘦，可是很软，好像用旧的毛巾。

“护士后来告诉我，老人的女儿远在美国，名叫杜鹃。电报发了一封又一封，女儿就是不回来。他的神志已经模糊了，把我当成了杜鹃。

“因为学校里的功课很紧，我们只能一周来一次临终关怀医院。我真的觉得我成了杜鹃，急切地盼望着下次志愿者活动的日子。时间终于到了，我第一个跑进病房，再也不觉得害怕了。推开房门，在老人躺过的病床上，他已经像烟一样地消失了，现在是一位老奶奶了……

“我明白了什么是死亡，它就是一个人永远地不在了。我们每一个人都会老的，我们每一个人都会死的。我希望在我死的时候，身边能有一个女孩，我能紧紧地握着她的手……真的，就是为了这个，因为我们都会有那一天。为了那一天到来的时候，我不会太孤单，我现在就要付出。所以我要做一个志愿者，所以我不怕死亡……”

听一个如此晶莹如此年轻的女孩，在晴朗的天气里谈论死亡，有一种苍凉凄婉的美丽，盘旋于我们的头顶。

“您的问题问完了吗？”穿柿黄靴子的女孩很有礼貌地问我。

“哦……完了。”我说。我还有许多问题想问她，但看出她心不在焉。

“那我就走了。我还要到病房里去给他们唱歌呢。”她转过身。

“哦，问最后一个问题：你给他们唱的是什么歌呢？”我说。

“唱《柳堡的故事》，就是‘十八岁的哥哥呀坐在河边……’那首。”她轻声吟起来。

“你还会唱这么老的歌哪！”我有些吃惊，“这是三十多年前的流行歌曲了。”

“原来不会唱的。后来一位老人对我说，他年轻时最喜欢这首歌。我就让我妈妈教会了我。我想，一个人年老的时候，唱起以前的歌，就会回忆起年轻的时候。等我老了，也许要让那时的志愿者，唱一支《潇洒走一回》了，不知道她们会不会给我唱？”

女孩子略微有些忧郁地说。

“会的。她们一定会的。”我十分肯定地说。

清脆的歌声，象鸽哨一样，在白色的院落上空翱翔。

九九那个艳阳天来哟，十八岁的哥哥呀坐在河边……

用生命擦拭生命

有个奇怪的悖论。我们都希望自己和别人不一样，却希望别人应该和自己一样。很多人爱说“将心比心”，这在常态下可行。在特殊情形之下，就不那么灵光。

我认识一些女朋友，爱穿奇形怪状的衣服，理由就是“我不想和别人一样”，这恐怕可以印证上面的说法。

其实，一样和不一样，都是相对的。我第一次上人体解剖课的时候，最惊讶的是那些尸体上肌肉的起止点，居然和书上写的一模一样。

我问老医生：“有没有不是这样长的肌肉呢？”

外科老医生说，他做过几千例手术了，都差不多，几乎没有例外。

那一刻，我感到很失望。原来看起来千姿百态的衣物遮盖之下的人体，居然这样整齐划一。

从此，我不再追求外在形式上的出新，因为我们骨子里，都是一样的组织、内脏、骨骼、细胞……

但是，我们又常常说，没有一片叶子是相同的。叶子都不同，人当然更不同了。这不同之处就在于我们的心灵。生命如此百媚千娆，用生命点亮生命，用生命擦拭生命，用生命拥抱生命，用生命联结生命，都是美好的事。

没有少作

我开始写作的时候，已经很老，整整三十五周岁，十足的中年妇女了。就是按照联合国最宽松的年龄分段，也不能算作少年，故曰没有少作。

我生在新疆伊宁，那座白杨之城摇动的树叶没给我留下丝毫记忆。我出生时是深秋，等不及第二年新芽吐绿，就在襁褓中随我的父母跋山涉水，调到北京。我在北京度过了整个童年和少年时代，但是我对传统的北京文化并不内行，那是一种深沉的底色，而我们是漂泊的闯入者。部队大院好像来自五湖四海的风俗汇集的部落，当然，最主要的流行色是严肃与纪律。那个时代，军人是最受尊敬的阶层。我上学的时候，成绩很好，一直当班主席，少先队的大队长。全体队员集合的时候，要向大队辅导汇报情况，接受指示……充其量是一个“孩子头”。但这个学生中最骄傲的位置，持久地影响了我的性格，使我对夸奖和荣耀这类事，像打了小儿麻痹疫苗一般，有了强韧的抵抗力。人幼年时候，受过艰苦的磨难固然重要，但尝过出人头地的滋味也很可贵。当然，有的人会种下一生追逐名利的根苗，但也有人会对这种光环下的烟雾，有了淡漠它、藐视它的心理定力。

我中学就读于北京外语学院附属学校。它是有十个年级的一条龙多语种的外语专门学校，毕业生多保送北京外国语大学，对学生进行的教育是长大了做红色外交官。学校里有许多显赫子弟，家长的照片频频在报纸上出现。本来，父亲的官职已令我骄傲，这才第一次认识到了“山外有山，天外有天”，虚荣之心因此变平和了许多。我们班在小学戴三道杠的少说也有二十位，正职就不下七八个，僧多粥少，只分了我一个中队学习委员。不过，我挺宁静，多少年来过着管人的日子，现在被人管，真是省心。上课不必喊起立，下课不必多做值日，有时也可扮个鬼脸耍个小脾气，比小学时众目睽睽下以身作则的严谨日子自在多了。不过，既然是做了学习委员，学习必得上游，这点自觉性我还是有的，便很努力。我现在还保存着一张那时的成绩单，所有的科目都是5分，唯有作文的期末考试是5^{-}。其实，我的作文常作为范文，只因老师期末考试时闹出一个新花样，考场上不但发下了厚厚一沓卷纸，还把平日的作文簿也发了下来。说此次考试搞个教改，不出新题目了，自己参照以前的作业，拣一篇写得不好的作文，重写一遍，老师将对照着判分，只要比前文有进步，就算及格。一时间，同学们欢声雷动，考场里恐怖压抑的气氛一扫而光。我反正不怕作文，也就无所谓地打开簿子，不想一翻下来，很有些为难。我以前所有的作文都是5分，慌忙之中，真不知改写哪一篇为好。眼看着同学们唰唰动笔，只得无措地乱点一篇，重新写来。判卷的老师后来对我说，写得还不错，但同以前那篇相比，并不见明显的进步，所以给5^{-}。我心服口服。那一篇真是不怎么样。

“文化大革命”兴起，我父母贫农出身，青年从军，没受到什么冲击。记得我听到“停课闹革命”的广播时，非常高兴。因为马上就要期末外语口试，将由外籍老师随心所欲地提问。比如你刚走进考场，他看你个子比较高，就会用外语冷不丁地问：“你为什么这样高大？”你得随机应变地用外语回答：“因为我的父亲个子高。”他穷追不舍：“为什么你的父亲个子高？”你回答：“因为我爷爷长得高。”他还不死心，接着问：“为什么你爷爷高……”你就得回答：“因为我爷爷吃得多……”外籍老师就觉得这个孩子反应机敏，对答如流，给个好分。面对这样的经验之谈，我愁肠百结。我的外语不错，简直可算高材生，但无法应付这种考试，肯定一败涂地。现在难题迎刃而解，怎能不喜出望外？

我出身不错，但不是一个好红卫兵，因为我舍不得砸东西，也不忍心对别人那么狠。我一看到别人把好好的东西烧了毁了，就很痛心，大家就说我革命不坚决，出头露面的事就不让我干了。比如抄家时别人都在屋里掘地三尺，搜寻稀奇古怪的罪证和宝贝，撇我一个人在荒凉的院子里看着“黑五类”。“地富反坏”对我说：“想上厕所了。”我说：“去呗。”那人说：“你不跟着了？”我说：“厕所那么味，我才不去呢，你快去快回。”那人说：“我自己不敢去，要是叫别的红卫兵看见了，说我是偷着跑出去，还不得把我打死？”我一想，只好跟他到街上的公共厕所。红卫兵首领看见我拄着木枪，愁眉苦脸地站在厕所门口，问：“你这是给谁站岗？”我说有一个让我看管的人正在方便。”首领大惊道：“你一个小女孩半夜三更地待在这里，就不怕他一下子蹿出来，把你杀了？”我毛骨悚然，说：“那他要上厕所，我有什么办法？”首领手一挥说：“这还不好办，让他拉在裤子里……”正说着，那个坏分子出来了，很和气的样子，一个劲地感谢我。首领对我无可奈何地摇摇头，认定我阵线不清。其实，我只是无法想象不让别人上厕所一直憋下去的情形，将心比心，觉得太难受了。首领以后分配抄家任务的时候，干脆只让我去看电话、印战报，认为我不堪造就。

班上同学把某女生的被子丢在地上，要泼冷水，理由是她父亲成了“黑帮”，我强烈反对这样做，挺身而出，几乎同一个班的人为敌。以前我和大家关系都不错，大伙看我这么坚决，就退了一步。只象征性地在她被子角上洒了些水，大部分棉絮还可以凑合着盖。那个女生现在是高级工程师，有时想起往事，还说：“毕淑敏，你当年怎么那么勇敢？觉悟那么高？”我说：“这跟觉悟和勇敢可没一点关系，我只是想，一个人要在浸满冷水的被子里睡觉，多冷啊！再说棉花招谁惹谁了，为什么非得作践被子？”

久久地不上课，也是令人无聊的事情。当外语口试的阴影过去之后，我开始怀念起教室了。学校有建于20世纪初叶的古典楼房，雕花的栏杆和木制的楼梯，还有像水龙头开关一般复杂的黄铜窗户插销，都用一种久远渊博的宁静召唤着我们。学校图书馆开馆闹革命，允许借“毒草”，条件是每看一本，必得写出一篇大批判文章。我在光线灰暗的书架里辗转反侧，连借带偷，每次都夹带着众多的书蹒跚走出，沉重得像个孕妇。偷的好处是可以白看书，不必交批判稿。就像买东西的时候顺手牵羊，不必付钱。写大批判稿是很苦的事情，你明明觉得大师的作品美轮美奂，却非得说它一无是处，真是除了训练人说假话以外，就是让人仇恨自己毫无气节。我只好一边写一边对着天空祷告：“亲爱的大师们，对不起啊，为了能更多地读你们的书．我只好胡说一通了。你们既然写出了那么好的书，塑造了那么多性格复杂的人物，就一定能理解我，一定会原谅一个中国女孩的胡说八道……”我那时很傻，从来没把任何一本偷来的书，据为己有，看完之后，不但如约还回，连插入的地方都和取出时一模一样，生怕有何闪失。这固然和我守规矩的天性有关，私下里也觉得如果图书管理员发现了书总是无缘无故地减少，突然决定不再借书，我岂不因小失大，悔之莫及！

同学们刚开始抢着看我的书，但她们一不帮我写大批判文章，二来看得又慢，让我迟迟还不上书，急得我抓耳挠腮，也顾不得同学情谊，索性把她们看了一半的书劈手夺下，开始我下一轮的夹带。大家不干，就罚我把没看完的部分讲出来。这样，在1966年以后那些激烈革命的日子里，在北京城琉璃厂附近一所古老的楼房里，有一个女孩给一群女孩讲着世界名著，雨果、托尔斯泰、巴尔扎克……

我并不觉得年龄太小的时候，在没有名师指点的情形下，阅读名著是什么好事。我那时的囫囵吞枣，使我对某些作品的理解终身都处在一种儿童般的记忆之中。比如我不喜欢太晦涩太象征的作品，也许就因为那时比较弱智，无法咀嚼微言大义。我曾清清楚楚地记得我对想听《罪与罚》的同学讲，它可没意思了……至今惭愧不已。

1969年2月我从学校应征入伍，分配到西藏阿里高原部队当卫生员。以前我一般不跟人说“阿里”这个具体的地名，因为它在地图上找不到，一个名叫“狮泉河”的小镇标记，代表着这个三十五万平方公里的广袤高原。西藏的西部，对内地人来说，就像非洲腹地，是个模糊所在，反正你说了人家也不清楚，索性就不说了。自打出了一个孔繁森，地理上的事情就比较有概念了，知道那是一个绝苦的荒凉之地。距今二十多年以前的藏北高原，艰苦就像老酒，更醇厚一些。我在那支高原部队里待了十一年。之所以反复罗列数字，并非炫耀磨难，只是想说明，那段生活对于“温柔乡”里长大的一个女孩子，具有怎样惊心动魄的摧毁与重建的力量。

我的童年和少年时代，充满了爱意和阳光。父母健在，家庭和睦，身体健康，弟妹尊崇，成绩优异，老师夸奖，甚至在“文化大革命”中，也大致平安。我那时幼稚地想，这个世界上的社会主义只有两家，中国和阿尔巴尼亚。那盏亚德里亚海边的明灯虽然亮，规模还是小了一点，当然是生在中国为佳了。长在首都北京，就更是幸运了。学上不成，出路无非是上山下乡或是到兵团，能当上女兵的百里挑一，这份福气落到了我的头上，应该知足啊……

在经过了一个星期的火车、半个月的汽车颠簸之后，五个女孩到达西藏阿里，成为这支骑兵部队有史以来第一批女兵，那时我十六岁半。

从京城优裕生活的学外语女孩，一下子坠落到祖国最边远的不毛之地的卫生员（当然，从海拔的角度来说是上升了，阿里的平均高度超过了五千米）。我的灵魂和肌体都受到了极大震动。也许是氧气太少，我成天迷迷糊糊的。有时竟望着遥远的天际，面对着无穷无尽的雪原和高山，心想，“这世界上真还有北京这样一个地方吗？以前该不是一个奇怪的梦吧？”只有接到家信的时候，才对自己的过去有一丝追认。

我被雪域的博大精深和深邃高远震骇住了。在我短暂的生命里，不知道除了灯红酒绿的城市，还有这样冷峻严酷的所在。这座星球凝固成固体时的模样，原封不动地保存着，未曾沾染任何文明的霜尘。它无言，但是无往而不胜，和它与天同高与地齐寿的沧桑相比，人类多么渺小啊！

我有一件恒久的功课，就是——看山。每座山的面孔和身躯都是不同的，它们的性格脾气更是不同。骑着马到牧区送医送药时，我用眼光抚摸着每一座山的脊背和头颅，感到它们比人类顽强得多，永恒得多。它们默默无言地屹立着，亿万斯年。它们诞生的时候，我也许只是一段氨基酸的片段，无意义地漂浮在空气中，但此刻已幻化成人，骄傲地命名着这一座座雄伟的山。生命是偶然和短暂的，又是多么宝贵啊。

有人把宇宙观叫做世界观，我想这不对。当我们说到世界的时候，通常指的是熙熙攘攘的人类世界。当你在城市和文明之中的时候，你可以坚定不移地认为，宇宙就是世界，世界就是宇宙，它们其实指的就是我们这颗地球。但宇宙实在是一个比世界大无数倍的概念，它们之间是绝不可划等号的。通过信息和文字，你可以了解世界，但只有亲身膜拜大自然，才能体验到什么是宇宙。

我还没有听什么人说过他到了西藏，能不受震撼地原汤原汁地携带着自己的旧有观念返回城市。这块地球上最高的土地，把一种对于宇宙和人自身的思考，用冰雪和缺氧的形式，强硬地灌输给每一个抵达它的海拔的头脑。

对于一个十六岁的女孩来说，这种置换几乎是毁灭性的。我在花季的年龄开始严峻郑重地思考死亡，不是因为好奇，而是它与我摩肩擦踵，如影随形。高原缺氧，拉练与战斗，无法预料的“高原病”……我看到过太多的死亡，以至于有的时候，都为自己的依然活着深感愧疚。在那里，死亡是一种必然，活着倒是幸运的机遇了。在君临一切的生死忧虑面前，我已悟出死亡的真谛，与它无所不在的黑翅相比，个人所有的遭遇都可淡然。

现在我要做的事，就是返回来，努力完成生命给予我的缘份。我是一个很用功的卫生员，病人都说我态度好。这样，我很快入团入党，到了1971年推荐第一批工农兵学员上军医大的时候，人们不约而同地举荐了我。一位相识的领导对我说：“把用不着的书精简一下，过几天有车下山的时候，你就跟着走了，省得到时候抓瞎。”

我并没有收拾东西，除了士兵应发的被褥和一本卫生员教材，我一无所有，可以在接到命令半小时之内，携带全部家当迁到任何地方去。我也没有告诉家里，因为我不愿用任何未经最后认证的消息骚扰他们，等到板上钉钉时再说不迟。

几天，又几天过去了。我终于没有等到收拾东西的消息，另外一个男卫生员搭顺路的便车下山，到上海去念大学。我甚至没去打听变故是为什么，很久之后才知道，在最后决策的会议上，一位参加者小声说了一句：“你们谁能保证毕淑敏在军医大学不找对象，三年以后还能回到阿里？”一时会场静寂，是啊，没有人能保证。这是连毕淑敏的父母、毕淑敏自己都不能预测的问题。假如她真的不再回来，雪域高原好不容易得到一个培训名额，待学业有成时就不知便宜了哪方热土。给我递消息的人说，当时也曾有人反驳，说她反正也嫁不到外国去，真要那样了，就算为别的部队培养人才吧。可这话瞬间被窗外呼啸的风雪声卷走，不留一丝痕迹。

我至今钦佩那时的毕淑敏，没多少阅历，但安静地接受这一现实，依旧每天平和地挑着水桶，到狮泉河畔的井边去挑水（河旁的水位比较浅），供病人洗脸洗衣。挑满那锈迹斑斑的大铁桶，需要整整八担水。女孩其实是不用亲自挑水的，虽然那是卫生员必需的功课。只要一个踌躇的眼神一声轻微的叹息，绝不乏英勇的志愿者。能帮女兵挑水，在男孩子那里，是巴不得的。

山上的部队里有高达四位数字的男性，只有一位数字的女兵，性别比例上严重失调。军队有句糙话，叫“当兵三年，老母猪变貂蝉”。每个女孩都确知自己的优势，明白自己有资格颐指气使，只要你愿意，你几乎能够指挥所有的人，得到一切。

我都是独自把汽油桶挑满，就像按时完成家庭作业，在海拔五千米的高原上，我很悠闲地挑着满满两大桶水安静地走着，换肩的时候十分轻巧，不会让一滴水泼洒出来。我不喜欢那种一溜小跑很逃窜的挑水姿势，虽说在扁担弹动的瞬间，会比较轻松，但那举止太不祥和了。我知道在我挑水的时候，有许多男性的眼光注视着我，想看到我窘急后伺机帮忙。

在我的有生之年，凡是我自己能做到的事情，都不会假以他人。不但是一种自律，而且是对别人的尊重。如果凭自己的努力，已无法完成这一工作，我就会放弃。我并不认为不达目的决不罢休是一种非常良好的生活状态，它过于夸大人的主观作用，太注重最后的结局了。在一切时候，我们只能顺从规律，顺从自然。

开始学做卫生员，没有正规的课堂，几乎像小木匠学徒一样，由老医生手把手地教。惊心动魄的解剖课，其真实与惨烈，任何医科大学都不可比。记得有一个肝癌牧人故去，老医生对我们说：“走，去看看真正的恶性肿瘤。”牧人的家属重生不重死，他们把亲人的遗体托付给金珠玛米（解放西藏后，解放军的专有称呼，救苦救难的菩萨兵），活着的人赶着羊群逶迤而去。金珠玛米们把尸体安放在担架上，抬上汽车，向人迹绝踪的山顶开去，将在那里把尸身剖开，引来秃鹫，实施土法的“天葬”。

那是我第一次与死人相距咫尺，我昨天还给他化验过血，此刻他却躺在大厢板上，随着车轮的每一次颠簸，像一段朽木在白单子底下自由滚动，离山顶还有很远，路已到尽头，汽车再无法向前。我们把担架抬下来，高托着它，向山顶攀去。老医生问：“你抬前架还是后架？”我想想说：“后面吧。”因为抬前面的人负有使命，需决定哪一座峰峦才是这白布下的灵魂最后的安歇之地，我实在没有经验。

灵魂肯定是一种有负重量的物质，它离去了，人体反而滞重。我艰难地高擎担架，在攀登的路上竭力保持平衡。尸体冰凉的脚趾隔着被单颤动着，坚硬的指甲鸟喙一样点着我的面颊。片刻不敢大意，我紧盯着前方人的步伐。倘若他一个失手，肝癌牧人非得滑坐在我的肩膀上。

山好高啊，累得我几乎想和担架上躺着的人交换位置。我抑制着喉头血的腥甜，说：“秃鹫已经在天上绕圈子了，再不把死人放下，会把我们都当成祭品的。”老医生沉着地说：“只有到了最高的山上，才能让死者的灵魂飞翔。我们既然受人之托，切不可偷工减料。”

终于，到了伸手可触天之眉的地方。担架放下，老医生把白单子掀开，把牧羊人铺在山顶的砂石上，如一块门板样周正，锋利的手术刀口流利地反射着阳光，簌然划下……他像拎土豆一般把布满肿瘤的肝脏提出腹腔，仔细地用皮尺量它的周径，用刀柄敲着肿物，倾听它核心处混沌的声响，一边惋惜地叹道："忘了把炊事班的秤拿来，这么大的癌块，罕见啊……"

秃鹫在头顶愤怒地盘旋着，翅膀扇起阳光的温热。望着牧人安然的面庞，他的耳垂上还有我昨日化验时打下的针眼，粘着我贴上去的棉丝。因为病的折磨，他瘦得像一张纸。尽管当时我把刺血针调到最轻薄的一档，还是几乎将耳朵打穿。他的凝血机制已彻底崩溃，稀薄的血液像红线似的无休止流淌……我使劲用棉球堵也无用，枕巾成了湿淋淋的红布。他看出我的无措，安宁地说："我身上红水很多，你尽管用小玻璃瓶瓶灌去好了，我已用不到它……"

面对苍凉旷远的高原，俯冲而下乜视的鹰眼，散乱山之巅的病态脏器和牧羊人颜面表皮层永恒的笑容，在那一瞬间，我明白了什么叫做"生命"。

一个人在非常年轻的时候洞彻生死，实在是一种大悲哀，但你无法拒绝。这份冰雪铸成的礼物，我只有终生保存，直至重返生命另外形态的那一天。

我的一首用粉笔写在黑板报上的小诗，被偶尔上山又疾速下山的军报记者抄了去，发在报上。周围的人都很激动，那个年代铅字有一种神秘神圣的味道。我无动于衷，因为那不是我主动投的稿，我不承认它是我的选择。以后在填写所有写作表格的时候，我都没写过它是我的处女作。

我终于凭着自己的努力上了学，在学校的时候，依旧门门功课优异，这对我不是一件很难的事情。我成了一名军医，后来，结婚生子。到了儿子一岁多的时候，我从北京奶奶家寄来的照片上，发现孩子因为没有母亲的照料，有明显的佝偻病态。我找到阿里军分区的司令员，对他说："作为一名军人，为祖国，我已忠诚地戍边十几年。现在，我想回家了，为我的儿子去尽职责。"他沉吟了许久说："阿里很苦，军人们都想回家，但你的理由打动了我。你是一个好医生，幸亏你不是一个小伙子，不然，我无论如何也不会放你走。"

回到北京。很长一段时间内，我学烹调，学编织，学着做孩子的棉裤和培育开花或是不开花的草木……我极力想纳入温婉女人的模式，甚至相当成功地做到了这一点。我发的绿豆芽雪白肥胖。自给有余外，还可支援同事的饭桌，大伙说可以到自由市场摆个地摊啦！

唯有我自己知道，在我的脉管深处，经过冰雪洗礼的血液已不可能完全融化，有一些很本质的东西发生过，并将永远笼罩着我的灵魂。在寒冷的高处，有山和士兵，有牧羊人和鹰呼唤着我，既然我到达过地球上最险峻的雪域，它就将一种无以言传的使命强加于我。

我开始做准备，读文学书，上电大的中文系……对于一个生活稳定、受人尊重的女医生来说，实有“不务正业”之嫌，我几乎是在“半地下”的状态做这些事，幸好我的父母我的丈夫给予我深长的理解和支持。这个准备过程挺长，大约用了一个孩子从一年级到小学毕业的时间，当助跑告一段落的时候，我已人到中年。

在一个很平常的日子，正好我值夜班，没有紧急病人。日光灯下铺开一张纸，开始了我第一篇小说的写作。

关于以后的创作，好像就没有多少可说的了，我按部就班地努力写着，尽量做得好一些。只要自觉尽了力，也就心安。已经走了很长的路，假如没有意外，还有很长的路要走。

我写的文字能印在报刊上这件事，我的父母很看重，这是我始料不及的。我的那些并不成熟的作品，曾给我重病中的父亲带来由衷的快乐，他嘱咐我要好好地写下去。父亲已经远行，最后的期望在苍茫的天穹回响。为了不辜负他们的目光，我将竭尽全力。

认真地生活和写作，以回答生命。当我写作第一篇作品的时候，就是这样想的，现在依然。

戒指描述疼痛

每当我说自己以前当过医生，人们就说："好多搞文学的人都当过医生呢……比如鲁迅，比如郭沫若……"

鲁迅和郭沫若都学过医，但似乎都没有当到真正给人看病的阶段，就改文学去了。鲁迅是因看了有辱中国人的电影，奋而拯救灵魂。郭沫若好像是因幼年时患病听力受损，临床听诊这一关很吃力，分不清心音的微细差别（近一个世纪以前，医生可没这么多的B超CT辅助诊断，而是像个匠人一般，凭的是眼睛耳朵的功夫），被迫改了行。

我在文学上自然不足挂齿，但窃以为在医学知识上可胜大师们一筹。我从医二十多年，一直做到内科主治医师，业务娴熟，态度和善，是个很不错的大夫呢。

俗话说，靠山吃山。

我写小说的时候，就经常写医生的故事。

我当医生的时候，全神贯注地倾听病人的叙述。不只是因为工作的负责心，甚至也不局限于同情与人道——更多的时候是为病人着急，恨铁不成钢。

人体的痛苦，是一种难以描述的状态。比如一个疼痛，就可分为绞痛酸痛胀痛跳痛，撕裂痛压迫痛针刺样痛电击样痛……琳琅满目，不胜枚举。

病人面对自己体内的怪异感受，惊惧愕然之下，无以表达。

然而，医生是多么热切地盼望知道病人的感受啊！那是诊病的雷达。

许多人因癌而逝。医生叹息："发现得太晚了。"

人体真的那样缄默吗？我总觉得，即使是潜伏期最长的癌症，在所有的体表恶征未出现之前，在所有的医疗机械尚浑噩茫然之时，肌体一定曾用一种轻微持久却灵敏万分的警报，日夜提示过我们的心灵。

可惜我们不懂生命的语言。

我们无法命名那种感觉，我们就无法传达。

因为无法传达，我们就以为它不存在。

生命便在这种不存在中消失。

语言有多少空白和盲点啊。

单单一个肉体上的感觉，我们就面临描述上的荒芜。彷徨在心灵的荒原，谁知还有多少极地。

有的疼痛，哪怕痛入骨髓，我们可以置之不理。

有的疼痛，哪怕翩若惊鸿，我们不敢掉以轻心。

需要描述。

肉体与心灵。

需要传达。

人和人之间。

面对病人，我怅然若失。他知道自己有了什么，可他不知道这是什么。

面对我，病人欲罢不能。我懂得这个世界，可我不懂得他。

我突发奇想，假如能把人们的神经嫁接，是不是这个世界简单得多了？

这种怪异的念头，当然同医生的严谨水火不容。我只好对谁都不说。

这念头在心中埋了许多年，到了我不做医生的时候，就把它变成了一篇小说——就是《教授的戒指》。

用一枚子虚乌有的戒指，代替感觉，代替传达，以些微补救语言描述的困境。

炼蜜为丸

新体验是旧体验树上新绽开的花。

我做过许多年的医生，自以为已经熟谙了死亡。当我躺到临终关怀医院凹陷的病床上时，才发现我还远远不懂死亡。

国人重生不重死。“好死不如赖活着。”“或轻于鸿毛或重于泰山”是古人传下来的真理，被伟人用语录加以固定，好像生死只有这两极。

绝大多数的人，死得如同鹅卵石，他们是泰山的一部分，却不会飞到天上去，不轻也不重。

我早就想描绘这部分人的死，因为我也在这一类。

感谢《北京文学》，他们的动议像引信，使我的写作欲望爆炸起来，于是有了许多寒风凛烈中的采访，有了许多北京街头的踯躅，有了许多促膝谈心的温馨，有了许多深夜敲击电脑的疲倦……我径直走进将逝者最后的心灵，观察人生完结的瞬间。那真是对神经猛烈的敲击，以至于我怀疑面纱是否不要撩起？一位60岁的生物教授得知我的写作计划说：“我不要看你的这篇小说，不要看！我不想谈论死亡。”

我不知持她这意见的是人群的全部还是个别。也许是因为我还年轻，死亡距离我还远，所以谈起来还有些勇气，少年不知死滋味。

那更要赶快谈了。人到了畏惧死亡的那一天，死亡可就真真同我们摩肩擦踵。

还有那些陪伴将逝者的善良人们，我深深地为他们所感动。感动在某些人眼中，似乎是一种低级体验，却是我写作时持久的源泉。唯有感动了我的人和事，我才会以血为墨写下去，否则便不如罢笔。这感动是有严格界限的，对个人尤为苛刻。我会经常为一些私事苦恼，它可以纠缠我，却不会感动我。或者说我尽量不让那些只属于个人的悲哀蒙住我的双眼。个人的情感只有同人类共同的精神相通时，我以为它才有资格进入创作视野，否则只不过是隐私。

在这篇名为《预约死亡》的小说里，没有通常的故事和人，只有一些故事的片断像浮冰漂动着。除了贯穿始终的那个“我”，基本上是我的思维脉络，其他为虚拟。一位朋友说：“你跑了那么多次，录了那么多音，做了那么多的笔记，看了那么多的书，甚至躺在死过无数人的病床上……我告诉你，你身上一定沾了死人的碎屑。在付出了这么许多以后，你却写小说。小说没有这么写的，小说不是这么写的。写小说用不着这么难。”

但我这篇小说就是这么写的，在付出了和一个报告文学家不敢说超过起码可以说相仿的劳动之后，我用它们做了一篇小说。我在书案前重听濒危者的叹息，不是为了写出那个老人操劳的一生，只是为了让自己进入一种氛围。故事是经过提炼的，氛围绝对真实。我把许多真实的故事砸烂，像捣药的月兔一样，操作不停。我最后制出一颗药丸，它和所有的草药茎叶都不相同，但毫无疑义，它是它们的儿子。至于它是它们的精华还是它们的糟粕，那在于我提炼的手艺好孬，与我的主张无关。

体验不可以嫁接，但能够生长。

中药里有一句术语，叫做“炼蜜为丸”。意为用上等蜂蜜作为黏合剂，使药料紧结为一体，润滑光泽，黑亮美丽。新体验小说光有情感体验我以为是不够的，或者说这体验里不仅包括了感觉的真谛，更需涵盖思想的真谛。真正的小说家应该也必须是思想家，只不过他们的思想是用优美的故事、栩栩如生的人物、跌宕起伏的情节、缜密的神经颤动、精彩的语言包装过的，犹如一发发糖衣炮弹。他们不是有意这样做的。有意这样做的，叫做哲学家。

你欣赏小说的时候，自然也可以买椟还珠，只喜欢作家的某一技巧，比如语言。这都不妨事的，好像一盘菜，你不爱吃里面的葱，挑出来就是了，但葱已渗进所有的羊肉，你在不知不觉中已明了作家对世界的把握。感觉如果只是神经末梢风声鹤唳的抖动，时间长了，只怕要断。

我在临终关怀医院采访的时候，泪水许多次潸然而下。我不是一个爱哭的女人，但悲哀像盐水浸泡着我。当我写作的时候，我已经超然，是死亡教会了我勇敢，教会了我快乐，教会了我珍惜生命，教会了我热爱老人。当然我以前也不是没有这些优良的想法，它们像空的气球皮，瘪在心灵的角落。临终关怀医院像气筒把它们充得膨胀起来，飘扬在天空。

我希望我的笔将我的念头传达出来，尽可能地不失真。

人只要活着，就生活在体验的海洋里，无以逃遁。

文学是古老而求新的行当，当感受时代的新痛苦、新欢乐。

非典附送的风铃

那天刚要进医院的大门，冲过来一位被无纺纤维布隔离衣包裹的人，掏出一柄酷似枪械的体温扫描仪，在我的双眉中心画圈晃动。确信我无烧之后，把“枪”放下，放我进入了半隔离区。

医院走廊，一位男子正对着日光灯端详X光胸片。清晰透明的肺叶消失了，代之僵冷的垩白，半张肺好像被石灰水刷过。问过才知片子的主人已没了体温，那男子喃喃道：“真没想到真没……”

“没想到”的是什么呢？是亲人没想到那片子的主人逝去？还是片子的主人根本没想到自己会死？得了非典是要死人的，这是一个常识。这个常识被冻凝在一个特定的名称里，叫作非典致死率。截至近日，据广东的统计，这率是3.6%，北京是5.5%，香港是10%，加拿大还要高些。一系列的数字组成下滑的幽冷阶梯，吓坏了至今还手足温暖的我们。

假如非典致死率是零，将会怎样？我就这个问题做了小小的调查，朋友们都说："哈！如果死不了人，那当然云开雾散，再无什么可怕了。隔离观察，简直如同休了半个月带薪长假。发烧或许是减肥的好方法。"一个女孩居然说："只要不死，非典就是过节，权当到医院公费旅游，顺便斩获若干堆巧克力外加鲜花……"

我们恐惧非典，核心原来是死亡。非典之所以可怕，不在那些鸡零狗碎的发烧咳嗽，不在那些孤独难耐的隔离卧床，而是不可逆转的永远的消失。摘去了致死率这枚毒牙，非典立变温柔，狰狞之相大有收敛。

很多人从没有想过死，特别是年轻人。他们以为死亡专属老年人和癌症病患，顶多再加上交通事故的冤魂。非典这个"传染病连锁店"派来的美容师，给死亡戴了黑发涂了腮红，让死亡生机勃勃地年轻化了，老少咸宜。

不长眼睛的非典蛰伏在空气里，不知道什么时候会撞翻你我的脚后跟。

什么人最怕死呢？我以为一个真正生活着的人是不怕死的。

因为他已把生命这匹白棉布一寸寸很仔细地丈量过了，剪裁过了。他明白自己是谁，确知自己想干什么，清楚自己的爱好和憎恶。他用生命去做了自己喜欢的事情，如同一个老谋深算的园丁，每一粒花种都精心播撒出去了。他注入社会花坛和人生草坪的心血，就是他兴趣和快乐所在。虽然由于死亡的突然叩门，等不到柳绿花红的那一天，但他已在想象中耸动鼻翼，闻到了蓓蕾的芬芳。

我以为醉生梦死的人大多也不很怕死。因为他们不曾真正地活过，他们甚至不配怕死。年轮早已枯萎，活着和死亡无甚区别。喘气时是一群行尸走肉，闭了眼是一垛酒囊饭袋。没有真正优雅内容的零质量生存，乘以再长的活命年限，所得也是一个空零。

最怕死的多半是在纷扰中忙碌的人。他们埋头于琐细的杂事，忘了张望远处的目标。他们以为还有很长时间可容挥霍，不承想那捆扎剩余日子的黑绳已游蛇般挽过来了。当死亡将你陀螺似的奔波化为青烟一缕，害怕就直接转为了缥缈的叹息。这种人若想不怕死，就需爬山，就需攀塔，就需登楼，到高处去极目搜寻，眺望你生存的终极意义。

最怕死的人多半还有很多未完结的事务。孩子还没有长大，期望尚未达成，宏愿不曾落实，你欠谁的钱谁欠你的钱……凡此种种，死亡都随意在上面盖个“过时不候”的章子，让它们半路蒸发了。于是你人生断裂，成了一宗半成品。虎头蛇尾的一辈子多遗憾啊，应对之策就是不妨把人生缩写为一个整天。古话说今日事今日毕，该致谢的人要送上感激，该反抗的事要拍案而起。喜欢看的书就马上打开扉页，喜欢亲近的人就绞尽脑汁向他表达。孩子不能在一天长大，就教他存个爱心以不变应万变。宏愿不能在一天落实，就分解成有机的部件逐一组合。事情做完对我们是如此重要，半途而废就滋生人生无常的恐惧。人生是大的完成，活在此时此刻就是N次小完成。完成感是生命圆满的重要黏结剂，是心理平衡的强大支点。

非典是一张不期而至的海报，把一个必然的问题用恐吓的形式张贴出来。1918年的流感，据说融合了猪身上的病毒，骁勇异常，但终究也未曾将人类杀绝。今日抗击非典，兵多将广武器精良，就算病毒融有来自孙悟空的基因，相信也能转危为安。关于致死率的惊惧，是非典附送的午夜风铃。即使非典远去了，那铃声还会余声袅袅。

温暖的陵园

我喜欢陵园的“园”字。不信，请你在风中轻轻念叨三遍。你的口形会从“陵”字凄凉的松懈，变成轻微收拢的振作，好像含住了天上落下的一滴雨露。有了这个温润的“园”字，“陵”字的孤寂和黯然就被冲淡了，你不由自主地想到花园、公园，甚至……团圆。

陵园本是伤怀之地。每一个为自己的亲眷寻找安息之所的人，最初走进这里的时候，心情都是哀痛而复杂的。哲学家说：“死亡的本质就是不可能再有任何可能性了。”其实不然，死亡在陵园演化成了整齐的行列和庄严的祭奠，变作了根和枝叶还有花朵还有果实。有一些人可能永远地消失了，有一些人却在这里被长久垂念。

在一般人眼中，陵园是空旷的，是冷寂的，是枯萎的。但你到八达岭陵园里走一走，就会渐渐忘却最初的忧烦。你看到的是绿草和树，是高山和云霞。你听到鸟鸣和流水，还有工作人员亲切的话语。

感谢八达岭陵园在2006年将我聘为他们的心理顾问。有若干单位也曾表示了相类的邀请，我都一一婉谢。写作占据了我生命中的大部分时间，其余的光阴就很有限了。我愿意参加到八达岭陵园的工作中，是因为重要和圣洁。

人一生当中要搬很多回家，要结识很多人，要看很多风景走很多路途……陵园，就是最后的一个家。陵园的工作人员就是最后结识的人，陵园的山水是最后看到的景色，陵园的土地就是最终停下脚步的驿站。

将心理学的知识引入到陵园的工作中，是一个创新的领域。长久以来，哀伤是不登大雅之堂的，人们在黑暗中苦挨苦熬。凄清无助的感觉攫取身心，苦楚如潮水一般将我们沉溺。这其中要经历震惊、否认、愤怒、绝望、平静、恢复、痊愈等等复杂的心理路程，甚至有人干脆就把哀伤列入了和烧伤一样危险的急性疾病。谁来拯救苦难中的人们？谁来安抚百孔千疮的破碎之心？这个阶段到底有多长呢？国外研究者有说是半年的，有说至少要两年的。我认识一位女士，母亲在十八年前的大年初一离世，十八年来，每个春节都苍白如雪。家中清锅冷灶阴风惨惨，没有一丝过节的气氛。没有经过处理的哀伤，犹如埋藏在骨髓内的钢钉，哪怕表面上已经平复，不知会在哪一瞬爆发剧痛。我们只有等待时间之水慢慢洗刷，让哀伤抽丝剥笋一点点稀释。

生命是一个完整的过程，每一个阶段都充满尊严。每一个生命的诞生，都让我们欣喜，每一个生命的离去，都让我们叹息。生命在陵园余音袅袅，人必须回到泥土当中，才能得到安宁。除了时间，我们还有没有其他方法挣扎出哀伤的海？如今陵园的工作者，将心理学的知识引进到工作中，通过大家共同的努力，联结起一双双温暖的手，强有力地援助哀痛中的人们。

期待那一天——当我们走进陵园的时候，沉默凄楚忐忑不安，当我们离开陵园的时候，比较静谧镇定祥和有力。

图书在版编目（CIP）数据

离太阳最近的树/毕淑敏著. —长沙：湖南文艺出版社，
2012.11
ISBN 978-7-5404-5583-5

Ⅰ. ①离… Ⅱ. ①毕… Ⅲ. ①散文集 – 中国 – 当代
Ⅳ. ①I267

中国版本图书馆CIP数据核字（2012）第093049号

上架建议：名家经典|散文

离太阳最近的树

作　　者：毕淑敏
出 版 人：刘清华
总 策 划：谢不周
创意推广：帝瑚文化传播有限公司
责任编辑：丁丽丹　刘诗哲
监　　制：张应娜
特约编辑：薛　婷
封面设计：耶律阿宝猪
版式设计：共振设计
出版发行：湖南文艺出版社
（长沙市雨花区东二环一段508号　邮编：410014）
网　　址：www.hnwy.net
印　　刷：北京通州皇家印刷厂
经　　销：新华书店
开　　本：880mm×1230mm　1/32
字　　数：130千字
印　　张：7
版　　次：2012年11月第1版
印　　次：2012年11月第1次印刷
书　　号：ISBN 978-7-5404-5583-5
定　　价：26.80元
（若有质量问题，请致电质量监督电话：010-84409925）